別れ船

女だてら　麻布わけあり酒場7

風 野 真 知 雄

幻冬舎時代小説文庫

別れ船

女だてら　麻布わけあり酒場7

目次

女だてら　麻布わけあり酒場

主な登場人物

小鈴《こすず》　麻布一本松坂にある居酒屋〈小鈴〉の新米女将《おかみ》。十三歳で父、十四歳で母と生き別れた。母の志を継いで「逃がし屋」となる。

星川勢七郎《ほしかわせいしちろう》　隠居した元同心。源蔵・日之助とともにおこうの死後、店を再建する。

源蔵《げんぞう》　〈月照堂《げっしょうどう》〉として瓦版《かわらばん》を出していたが、命を狙われ休業中。星川の口利きで岡っ引きとなった。

日之助《ひのすけ》　蔵前の札差《ふださし》〈若松屋《わかまつや》〉を勘当された元若旦那。「紅蜘蛛《べにくも》小僧」と呼ばれる盗人《ぬすっと》の顔を隠し持つ。

大塩平八郎《おおしおへいはちろう》　幕府転覆を目指す集団の頭《かしら》。大坂で乱を起こしたが失敗した。

鳥居耀蔵《とりいようぞう》
本丸付きの目付《めつけ》。幕府に逆らう思想を憎んでいる。
林洋三郎《はやしようさぶろう》として〈小鈴〉に通う。

戸田吟斎《とだぎんさい》
小鈴の父。幕府批判の『巴里《パリ》物語』を著した人物だが、鳥居に論破されて信念を翻し、鳥居の側近となる。自ら目を突き失明した。

おこう
小鈴の母。お上に睨《にら》まれた人が逃げられるよう手助けしていた。
居酒屋の女将として多くの人に慕われていたが付け火で落命。

第一章　狙いの先

一

麻布一本松坂の小さな飲み屋〈小鈴《こすず》〉に、大塩平八郎《おおしおへいはちろう》が来ていた。小鈴の叔父である橋本喬二郎《はしもときょうじろう》が付き添っている。

富士講の御師《おし》である五合目の半次郎《はんじろう》もいる。

絵師の葛飾北斎《かつしかほくさい》と、戯作者《げさくしゃ》の柳亭種彦《りゅうていたねひこ》も楽しげに会話している。

この五人は、それぞれ幕府に目をつけられ、尾行されたり、見張られたりしている人たちである。ここに集まるのにも細心の注意を払い、さりげなく一人ずつ、夜中に猫たちが集まるみたいにしてやって来ていた。

小鈴たちも警戒は怠りなく、星川《ほしかわ》は坂上の一本松あたりに、源蔵《げんぞう》はすこし下った玄台寺《げんだいじ》の山門あたりにいて、怪しい者がつけて来ていないか見張っているのだ。なにかあれば、身体《からだ》を張って止めるつもりでいる。

五人は皆、窯変《ようへん》した焼き物のようにひと癖ふた癖はあるけれど、面白くて善良な気持ちを宿した人たちだと小鈴は思う。

こういう人たちが、大手を振って歩けない世の中のほうがおかしいのではないか。いまは常連の客に混じって、楽しそうに飲んでいる。こんなことは彼らも滅多にないことなのだろう。

近々いっしょに何かをするという計画はないらしい。いちばん焦《あせ》っている大塩平八郎ですら、まだ機は熟していないと判断していた。だから今日の集まりは、それぞれがすべきことを確かめ、助け合えることがあれば申し出るという場だった。

小鈴はそういったあたりまで首を突っ込むつもりはない。ただ、この人たちが追われるような危機に陥ったとき、逃亡を助けてあげたいだけだった。

それぞれ酒の量は違うが、五人とも顔色や話しぶりに酔いが明らかになってきたところ、柳亭種彦がほかの四人を見回し、

「お近づきのしるしに江戸の小粋《こいき》な唄を披露させてもらおうかな」

そう言って、ほかの客には聞こえないように、低い声で唄い出した。

節回しは〈深川節〉である。が、文句が違う。

〽徒歩で　サッサ　来るのは麻布通い
のぼる長い坂　コレワイサノサ
いそいそと
女だてらの　裏稼業
逃がしてくれる　コレワイサノサ
若女将

「まあ」

小鈴は目を瞠《みは》った。自分のことではないか。

柳亭種彦が即興で替え唄にしてくれたのだろう。だが、本当はこの唄こそ、亡くなった母に聞かせてあげたい。

「よお、よお。若女将」

五合目の半次郎が、小鈴の肩をからかいながらも励ましてくれるみたいに、ぽんと叩《たた》いた。

「江戸の唄を聞かせてもらったからには、大坂の唄も聞かせないとまずいな」

大塩平八郎はそう言って、唄いはじめた。

〽富士のてっぺんに降る雪も
京の先斗町《ぽんとちょう》に降る雪も
雪に変わりがあるじゃなし
とけて流れて海の水

好きで好きで大好きで
死ぬほど好きなお人でも
大坂から江戸に来てみれば
富士のあたりで思い出に

これは初めて聞く唄だった。

いかにも大坂らしい賑《にぎ》わいを感じる唄である。

また、大塩の喉《のど》がいいのだ。意外に甲高い声で、華やぎを感じさせる。三味線の音が混じっているようである。

こっちの唄は大塩が大きな声で唄ったので、離れた席のお九《きゅう》やご隠居たちからも感想の声が上がった。

「いい喉ねえ。でも、唄の文句は薄情ね」

「お九ちゃん、そうじゃないよ。これは、そうしたいけど、そうはできないっていう唄なのさ」

と、ご隠居が言った。

「未練の唄なの」

「唄心というのはそういうものなのさ。ほんとにけろりと忘れるようなやつは、唄なんかつくらない」

「まあ、ご隠居さん。顔に染みがあるわりには、恋ごころの通《つう》みたい」

お九たちのほうも盛り上がっている。

そんな楽しいときもたちまちのうちに過ぎて、

「では、小鈴さん。ごちそうになった」

最初に大塩と橋本が帰ることになった。

新堀川の上流にある下渋谷村に隠れ家をつくったという。

「うまかった。じつによく食べた」

と、大塩は言った。驚くほどの健啖家《けんたんか》だった。しめに食べた小鈴丼を、なりたての相撲取《すもうと》りさながらにおかわりしたほどだった。

「こっちもおいしそうに食べてもらって嬉《うれ》しいです」

「橋本さんのおかげで矢部定謙《やべさだのり》さまにも会えそうだし」

いま西丸留守居役をしている矢部定謙は、かつて大坂西町奉行をしていたとき、大塩の考えに賛意を示した。やむを得ず起こした乱についても、江戸において大塩をかばう発言をしてくれたらしい。

「よかったですね」

「そのときにまた、この汚い顔を出させてもらうかもしれない」

「ま、汚いだなんて。はい、ぜひ」

二人は表のほうから出て行った。

つづいて、五合目の半次郎も帰り仕度を始めた。

半次郎はこれから江戸の真ん中に行く。富士講の時期を前に、さまざまな手順を確かめなければならないという。

半次郎の下にも十何人の御師がいて、その人たちを統率しているのだ。富士山に登ることができるのは六月一日から七月二十六日まで。このわずかふた月のあいだ、富士は大勢の参拝者で混雑する。

「小鈴ちゃんもぜひ、富士に」

と、半次郎は笑顔で言った。

「でも、女は登っちゃいけないんですよね？」

富士だけではない。多くの山に女は登ってはいけないとされている。

そのなかで、富士は例外的に女の登山を許した。ただし、六十年に一度、庚申《こうしん》の年だけ。しかも四合目までしか登れない。富士が人なら、腰にもしがみつけない。

次の庚申の年は、まだまだ二十年ほど先である。

「馬鹿げた話でしょう」

「はい」

小鈴は正直にうなずいた。山の神さまが、女を嫌っているというのか。女が山でなにかしたのか。納得のいかない気持ちがある。

「富士講の講祖である食行身禄《じきぎょうみろく》さまもそれはおかしいとおっしゃっていました。男女和合。男も女も富士に登れと。じつは、八年ほど前ですが、女が記録の上では初めて頂上に立ちました。あっしもそれに協力した一人です」

「頂上まで？」

「ええ。高山《たかやま》たつさんという人で、ただし男装をして、頂上に立ちました」

「まあ」

「だから、小鈴ちゃんも」

「はい」

ほんとに登ってみたい。富士の頂上から見る景色はどんなものなのだろう。

半次郎が出て行くと、柳亭種彦が立ち上がった。

初めて会った有名な戯作者は、素面《しらふ》で話すときにはひどく照れ屋みたいで、話すときも横を向いて話をするのが癖らしかった。

小鈴は評判の『修紫《にせむらさき》田舎源氏《いなかげんじ》』を読みはじめたばかりである。じっさいの大奥を揶揄《やゆ》したものだという噂《うわさ》も出てきているらしい。ただでさえ、旗本が戯作を書くなどたわけたふるまいなのに、お城を題材にするなどかなり大胆なことである。

だが、そうしたことは別にしても、話として充分に面白いものだった。

その感想を伝えると、

「全巻、届けさせようか？」

柳亭種彦は言った。

「とんでもない。一巻ずつ買っていくのが楽しみなんですから」

「そう言われるといちばん嬉しいね」

柳亭はご機嫌で帰って行った。

北斎だけが残った。すこし猫背になって座っている。

「北斎さん、疲れているんじゃありませんか？」

と、小鈴は訊《き》いた。

今日、ほかの四人が意気軒昂《いきけんこう》であったのに比べて、北斎だけがなんとなく笑顔に力がなかったのだ。

「そう見えるかい？」

北斎は驚いたように小鈴を見た。自分では疲れたふうに見えているとは思ってなかったらしい。

ふだんの北斎は生気にあふれている。

見た目が取り立てて若いわけではない。頭はずいぶん禿《は》げあがっていて、髷《まげ》も結えないほどである。顔には皺《しわ》が多く、よく見ると不吉な感じのする大きな染みが、両頰《りょうほお》で目立っている。

それでも瞳の輝きや、茶目《ちゃめ》っ気《け》のある笑顔などが、この齢《よわい》八十の老人に少年の面影さえ感じさせた。

だが、なによりも北斎の生気を支えているのは、仕事に対する情熱だった。

明日は今日よりもっといい絵を描いてやるという決意と望みが、言葉だけでなく、刺身を二切れずつ口に入れる食欲や、「じゃあな」と店を出て行くときの背中あたりにまでにじみ出ているというふうだった。

それが今日の北斎には感じられなかったのである。

「ええ」

小鈴はうなずいたが、ほんとうは言うべきではなかったかもしれない。

「いろいろ面倒なことがあってな」

そう言って、目をこすった。一瞬、泣くのかと思ったが、そうではなく単に目が疲れたらしい。

「あたしじゃ力になれませんよね」

「そうだな。一つはわしの孫のことでな」

「まあ」

北斎の家族のことはくわしくは知らない。だが、お栄《えい》という、絵師としても才能のある娘と二人で暮らしているとは聞いている。

「お栄さんのお子さん？」

お栄はいったん嫁いだが、離縁して北斎のところにもどって来たのだ。

「いや、違う。あれの姉の子なんだが、こいつがろくでもないことばかりしでかしては、わしが尻ぬぐいして回っている。不憫《ふびん》なところもあるので、つい、手を貸すのだが、それがよくないかもしれないな」

「そうですよ。甘えているんですよ」

面識があれば、「甘ったれるな」と言ってやりたいが、そうもいかない。

「孫のことだけじゃない。近ごろ、どうも見張られている気がしてな。気のせいなんかじゃないと思うのだが」

北斎がそう言ったとき、お九の嬉しそうな声がした。

「林《はやし》さん。いらっしゃい」

常連の林洋三郎《ようさぶろう》が、にこやかな笑みを浮かべながら入って来たところだった。


翌日――。

いつもよりすこし遅れて、小鈴と星川、源蔵、日之助《ひのすけ》の三人が店に集まり、昨夜《ゆうべ》の片づけの残りと今日の準備に取りかかったとき、

「源蔵。手伝ってもらえねえか?」

定町回り《じょうまちまわ》り同心の佐野《さの》章二郎《しょうじろう》が顔を出した。まだ若いのに、定町回りに抜擢《ばってき》された男である。

星川が言うには、よほど優秀だかららしい。もっとも、星川はそれを言ったときかなり皮肉っぽい笑みを浮かべていた。

「もちろんでさあ」

源蔵は十手《じって》を預かる岡っ引きである。定町回り同心の頼みを断われるわけがない。

「芝の浜松町で妙な事件が起きたんだ」

「浜松町？　そりゃあ縄張りが違いすぎますぜ。あそこらの親分たちに、出しゃばるなと嫌われちまいます」

「なあに、そこらはおいらがうまく言っておくよ」

佐野はそう言って、もう出て行こうとする。

いいからついて来いと言わんばかりの態度である。

「麻布ならともかく、芝となるとねえ」

源蔵はそう言って、星川を見た。

「定町回りがそう言ってるんだ。遠慮することたあねえよ。おいらもよく、死んだ清《せい》八《はち》を高輪だの白金あたりまで連れ歩いたものさ」

と、星川はうなずいた。

「わかりました」

源蔵は外していた十手を帯の後ろに差し、佐野の後を追った。

一本松坂を下ったあたりで、

「じつはな……」

と、佐野は概略を語った。

「東海道筋の浜松町四丁目に〈大野屋《おおのや》〉という薬種問屋があるんだが、そこに矢が打ち込まれたんだよ」

「矢ですか」

「狙われたのは店のあるじでな、最初の一発目で慌てて身を伏せた。さらに二発、三発、四発と放たれたが、あるじはじっとしていたので無事だった」

「じゃあ、死んでねえので？」

「ああ。怪我《けが》もしていねえ」

「そうですか」

鎌倉時代の仇討ちじゃあるまいし、いまどき弓矢で人を狙うというのはめずらしいかもしれないが、狙われたほうは怪我もしていないのである。わざわざ縄張りの外から岡っ引きを連れて行くほどでもないような気がする。

「その大野屋ってのは、半月ほど前に押し込みがあった。蔵の二千両が奪われ、手《て》代《だい》が一人殺されている」

いない。

「ああ、あれですか」

かすかに覚えがある。番屋に報《しら》せがまわってきていた。まだ、下手人《げしゅにん》は捕まっていない。

「それと関係あると思うんだよ」

「なるほど」

と、源蔵はうなずいた。あるかもしれない。だが、決めつけるわけにはいかない。その店は以前から多くの人間に恨まれていて、単に別々に狙われただけということもありうるのだ。

麻布から浜松町は、新堀川沿いに行くだけですぐに着いてしまう。半里（およそ二キロメートル）もないくらいである。

店の前に若い岡っ引きが立っていた。

「ちっ、もう来てやがった」

と、佐野は舌打ちした。

「佐野の旦那。どうも」

岡っ引きは佐野を見ると、声をかけてきた。へいこらしたような態度は微塵《みじん》もない。

「おう、政次《まさじ》か。早いな。もう耳に入ったのか?」

「ええ。ここはあれ以来、始終、来てますから。今度のことも、前のと関係があるんでしょうね。この数日、怪しい者は見かけなかったか、いまから手代たちに訊いてみますよ」

店に入ろうとするのを、

「政次。この件は、おまえの手を煩わせるまでもねえよ」

佐野は止めた。

「と、おっしゃいますと?」

「こいつは麻布の源蔵といってな、弓矢について詳しい男なんだ。とくに助けてもらうことにした。おめえは引きつづき、このあいだの事件を追いかけていてくれ」

と、佐野は源蔵を見て、言った。

「はい。わかりました」

政次は微妙な顔をして立ち去った。

まだ若いがいかにも切れ者ふうの男だった。おそらく佐野と似ているのだ。理が先に立ち、感情にゆとりがない。似た者同士、なんとなくやりにくいのだろう。それはよくあることだった。

政次を見送り、佐野は源蔵を連れて大野屋の周囲をぐるっとまわってから、店の横の窓の前に立った。

「この中に矢が打ち込まれたのさ」

頑丈そうな格子の嵌《は》まった窓である。障子が開いているが窓は高いところにあり、道からだと、背伸びしないと中はのぞけない。

源蔵も背伸びをして中を見た。

縦長の畳敷きの部屋で、店の裏側にあるほとんど通路のように使われている部屋らしい。矢が柱に一本、襖《ふすま》に三本、弁慶《べんけい》に当たらなかった矢のように情けない感じで、突き刺さっているのが見える。現場はまだそのままにしてあった。

「矢はこっちから放たれたんですね」

源蔵は格子窓に背を向け、横道と小さな稲荷社《いなりしゃ》のある一角を見ながら言った。

「そうだな」

まずは、狙われた男に会うことにした。

二

大野屋のあるじの又造《またぞう》は、歳《とし》は四十代の半ばほど。大店《おおだな》のあるじというより、王朝文学でも研究している学者のような、穏やかな口のきき方をした。顔を出したときは店頭で客の相手をしており、

「この薬は、胃痛にはてきめんだが、あとで腹づまりになりがちなんだ。それについては、ちゃんと断わって売ったほうがいいですよ」

などと話していた。なかなか良心的な商売をしていそうである。

佐野も、あるじを見ながら、

「又造は勉強熱心で、わざわざ長崎に行って、医術を学んできたらしいぜ」

と、言った。

「へえ、そりゃあたいしたもんだ」

どうやら、いろんなやつに恨まれているという線はなさそうである。

商談が終わって、佐野が声をかけた。

「大野屋」

「佐野さま。ご苦労さまです」

「うむ。麻布から腕のいい岡っ引きを連れてきた。源蔵というんだ。調べを手伝わせるぜ」

「そうですか。よろしくお願いします」

あるじは源蔵にもていねいに頭を下げた。

「狙われたのは昨日の朝だったそうですね？」

と、源蔵はさっそく訊いた。

「まだ店を開ける前のことでした」

「そのときのようすを再現してもらいたいんですが」

「承知しました」

あるじの又造は、さっき外からのぞいた部屋に二人を案内した。

「朝起きて、裏で朝食をすませてから、表にやって来ました。歩いてくると、いきなり矢が目の前をよぎり、そちらの襖に刺さりました。うわっと身を伏せた――というより、腰を抜かしたほうに近いのですが、こんな恰好《かっこう》になりました」

又造は座り込み、置き物が地震で揺れるみたいに壁のほうに近づくようにした。

「矢はまだ来ました。二本目が柱でしたか。もうあと二本来て、そこで終わったようだったので、這《は》うように表に行って、手代を番屋まで走らせた次第です」

「なるほど。こうですね」

源蔵も同じ恰好で座り込んだ。

柱と襖に刺さっている矢を見た。

短めの矢である。羽根の替わりに、硬そうな紙を使っている。

それほど矢に勢いはなかったはずである。紙の襖はともかく、柱にしっかり刺さっていない。手を触れれば、ぽろりと落ちそうである。それほど遠くから射たわけではなさそうなのに、これくらいしか刺さっていないのは、せいぜい楊弓《ようきゅう》程度の弓を使ったのだ。

もし、当たっていたとしても、よほど急所でない限り、又造は死んでいないかもしれない。

ということは、旦那をどうしても殺したいとかいうのではないのだ。

「半月前の押し込みというのが気になりますね」

と、源蔵は言った。

「はい」

又造の顔がまだ青い柿みたいに硬くなった。手代の死。消えた二千両。

「今度のことと関わりがあると思うかい？」

源蔵は訊いた。

「それはわかりません。ただ、手代が斬《き》られたのは、この隣の部屋でした」

「そっちかい？」

いちおう区切りはあるが、細長い部屋がずっと奥までつづいている。いちばん奥が蔵の入口になっているらしい。

「斬られてから這ってこの部屋を通り、店の表に出たところで死んでいました。下手人を追う途中で力尽きたのかもしれません」

あるじはそう言って、目頭を押さえた。

「朝まで誰も気づかなかったんだよ」

と、佐野が源蔵に言った。

「静かな押し込みだったのですね」

源蔵はうなずいた。

押し込みは岡っ引きになってからはまだ体験していないが、瓦版屋《かわらばんや》をしていたころ、何度も押し込みを取材しては、面白おかしく記事にしてきた。いま思えば、心ない記事もずいぶん書いた気がする。

静かな押し込み。それは内部に手引きした者がいるのだ。そして、手引きした者は最後に殺されてしまうこともある。こうなると、下手人はまず見つからない。大野屋の件もそれだったのではないか。

源蔵は佐野を見た。

微妙な表情で見返してきた。佐野もその線で考えているらしい。

「あたしはちょうどこの真上で寝ていたのに、物音には気づきませんでした。蔵のわきには用心棒も置いていたのに、その男もすっかり寝入っていました。用心棒も気が引けたらしく、辞めてしまいましたが」

又造は情けなさそうに言った。

それから源蔵は外に出た。

矢の刺さった角度から、矢を射たのは稲荷社のわきにある椿《つばき》の大木の上からと見当がついた。

かなり大きく、葉も繁《しげ》っている。花のころはさぞかし見事だろう。

ここによじ登り、上のほうから矢を射た。葉叢《はむら》の中から射るので、姿を見られにくい。

源蔵は自分も上に登って、

「ここからでしょうね」

と、下にいる佐野に言った。

「だろうな」

「四発射たあと、木を下り、稲荷社の裏のほうから逃げたんですね」

そっちの道を行けば、大野屋の表から追われても、楽に姿を消すことができただろう。

源蔵は木から下りようとして、

――ん？

おかしなことに気づいた。

大野屋のあるじは、一発目の矢で慌てて座り込んだ。すると、ここからはまったく見えていない。

それなのに、それから三本も矢を放っている。

やはり、命を狙ったというより、ただの脅しだったのかもしれない。

では、何の脅しなのか？

三

この日の夜――。

いったん麻布坂下町の番屋にもどって来ていた源蔵は、浜松町四丁目の番屋からの報せで、もう一度、そっちへもどる羽目になった。

また、似たような事件が起きたのである。

狙われたのは、大野屋と同じ町内にある本屋のあるじで専右衛門《せんえもん》という男だった。

店を閉め、いつも行く碁会所に向かおうというとき、どこかから矢が飛来した。

今度は命中した。一本が肩に突き刺さった。

あと二本は閉じられた板戸に刺さった。

矢は大野屋のあるじを狙ったものと同じだった。短めで、鳥の羽根ではなく、硬い紙が矢羽根として使われていた。

まだ同心の佐野は来ていないが、源蔵は先に専右衛門の話を聞くことにした。

専右衛門の店は、大野屋と比べたら十分の一ほどだろう。ただ、老舗《しにせ》らしく、軒上の看板などは古びて貫禄《かんろく》がある。専右衛門は戸締りした店の中にいて、しょんぼり肩を落としていた。

「どうだい、傷は？」

「ええ。医者はそれほど深い傷ではないと言ってましたが、ずきずき痛みますよ」

と、泣きそうな顔で言った。

「昨日の朝なんだが、大野屋のあるじがやっぱり矢を射かけられたのは知ってるかい？」

「又造が？　いえ、知りませんでした」

佐野が大野屋に口止めしていた。それは守られているらしい。

「又造を射た矢と同じものなんだ」

「そうなんで？」

「又造とは親しいのかい？」

「ええ。ほぼ同じ歳で子どものときからいっしょに遊んでましたのでね。いまでもよくいっしょに飲んだりしますよ」

「あんたと又造が狙われたことで、なにか心当たりはあるかい？」

「ははあ」

専右衛門はすぐに思い当たるところがあったらしい。

「話してくれ」

「この先に駕籠屋《かごや》があるんですがね。そこの若い衆がしょっちゅう騒ぎを起こすもので、町内の顔役として抗議をしているところだったんですよ」

「若い衆の仕返しかい？」

それにしては陰険である。もっとも、未熟だから陰険だったりもする。

「あとは思い当たるものはありませんね」

「大野屋に押し込みがあったのは知ってるよな」

「もちろんです」

「それとつながりがあってもおかしくはねえ」

「又造はおかしくねえかもしれませんが、あたしはおかしいでしょう。押し込みとはまったく関係ありませんよ」

「知らないうちに下手人を見てたってのは？」

「え」

専右衛門は怯《おび》えた顔をした。

「ないとは言えねえぜ。あんたは気がついてなくても、向こうは見られたと思っているのかもしれねえ」

じっさい、昔、取材した事件でそうしたことがあったのである。てっきり殺しの現場を見られたと思い込み、後日、関係ない男を襲って捕縛されたのだった。人はなにが理由で殺意を抱かれるか、わかったものではない。

「まったく思い当たる人はいませんが」

「そうか」

源蔵は言ってはみたが、押し込みを見られたと思ったら、やはり確実に命を奪おうとするだろう。あんな矢で狙うはずがないのだ。

あるいは、本屋のあるじを狙ったのは、半月前の押し込みと関係ないと思わせるためか。

ということは、やはり関係があるのだ。堂々巡りのどつぼに嵌まりそう。

考えているうち、奉行所の小者《こもの》が駆けつけてきて、

「佐野さまは、明日の朝早くに、こっちに来られます」

と、告げた。

源蔵も明日の朝に出直すことにした。


葛飾北斎は、本所緑町の長屋で、遅くまで仕事に励んでいる。

畳の上に紙を置き、正座し、背を丸めるようにして、筆を動かしている。

肉筆画の竜を描いている。注文は花鳥風月の絵ということだったが、そんなものはつまらないと、ほとんど無理やり竜にした。相手は泣きそうな顔で了承した。

視線が上に向いたものを描きたい。

空にあるものが描きたい。

このところ、そんな欲求に目覚めた。

信州の小布施《おぶせ》にいる弟子から、「どうしても北斎さんに、天井画を描いてもらいたい」という注文も来ている。信州は遠いが、なんとか引き受けたいという気持ちになってきている。

その前には、いろんなごたごたを解決しておきたい。

尿意を催し、外の厠《かわや》に出た。

ふと、慌てたように、路地から外に出て行った男がいた。

その後ろ姿に見覚えがある。嫌な予感がした。

家にもどって、

「おーい」

と、娘を呼んだ。「お栄」と名を呼ぶことはない。だから、お栄は絵師としての画号を自分で「応為《おうい》」とした。

茶目っ気はあるが、しかし、がらっぱちでもある。

やはり絵を描いている途中だったが、

「なんだよ」

と、乱暴な返事をした。

「どこか、旅に出たい」

北斎はそう言った。さっきの人影については言わない。喧嘩《けんか》ばかりしている娘でも、心配はかけたくない。

「最近、腰が痛いって言ったじゃないか」

「なあに、腰の痛みなんか、毎日、いっぱい歩けば治ったりするんだ」

それは嘘《うそ》ではない。歩くうちに背中や腰に力がつき、腰の痛みなど消えてしまったりする。人の身体というのは、おそらくそういうものなのだ。

使わないと、駄目になる。絵だって、のべつ筆を取っていないと、すぐに技量が落ちる。だが、数多い弟子のなかにも、北斎より長い時間、筆を持っている者は一人もいないのだ。いま、そのことの大事さを知っているのは、北斎の弟子ではないが、たぶん歌川国芳《うたがわくによし》だけだろう。

「あたしも行かなくちゃならないんだろうが」

「別に一人で行ったってかまわねえよ」

北斎はふてくされて言った。それでも寂しくはない。ただ、雑用が増えるのが面倒なだけである。

「そんな爺《じじ》いを一人で行かせられるかよ。どこに行くんだい？」

「小布施の高井《たかい》が来いと言ってきてるだろう」

「小布施かい。信州もずっと奥のほうだよ。そりゃあ遠いねえ」

お栄が面倒臭そうに言った。

四

翌朝――。

浜松町四丁目の番屋に顔を出すと、番太郎がうんざりした顔をしていた。

「どうしたい？」

「昨夜、三件目の矢を射かけられる事件が起きたんですよ」

「なんだと？　誰が狙われたんだ？」

「それが、駕籠屋が狙われたんです」

「そこの駕籠屋か？」

「ええ。夜中に、外から駕籠屋の二階に向けて矢が射られたのです」

中では若い衆が酒を飲み、大声で騒いでいたところだった。

威勢はいいが、矢が飛んでくるとなると、誰も顔を出したりはしない。

「この野郎、どこのどいつだ」

「ぶっ殺すぞ」

元気を取り戻し、棒を持って表に出てきたころには、射かけた者の姿はどこにも見えなくなっていたという。

佐野が到着するのを待って、その駕籠屋に向かった。

店先からして、乱暴な気配が漂っている。倶利迦羅《くりから》紋々《もんもん》の若者たちが大勢いて、声を張り上げている。今日の相方を選び、町中へと出て行くのだ。

駕籠かきはきつい仕事だが、稼ぎは悪くない。自分の駕籠を持ったほうが稼ぎもよさそうだが、そうとは限らない。大きな駕籠屋には上客の予約が入って来るので、町中を流して客を捕まえる必要がない。そのため、自分の駕籠を持つつもりはなく、こうして賃金をもらいながら駕籠屋に使われる者も多かった。

「親方はいるかい?」

と、佐野が親方を呼び出し、あとは源蔵にまかせるとばかり、外の道で煙草《たばこ》を吹かしはじめた。

二階から下りてきた親方は、相撲取りのような巨漢だった。

町方が来たと伝えられたからだろうが、矢を二本、持ってきた。

「抜いちまったのかい？」

源蔵は呆《あき》れたように言った。そのままにしておいてもらわないと、わかることもわからなくなる。

「天井に刺さったんだ。こんなもの、いつまでもそのままにしておいたら、若い衆も気が立ってきて駄目なんだよ。まったく、おれんところにこんなふざけた真似《まね》をしやがって。見つけたらただじゃおかねえ」

「そこらは町方にまかせてもらわねえと困るんだよ」

源蔵はずいぶん上のほうにある親方の顔を睨《にら》みながら言った。

矢を受け取り、眺めた。いままでの矢とはすこし違っていた。短めの矢ではあるが、矢羽根がキジの羽根でできていた。

別の下手人がいるのか。

だとすると、この町で二派の暗闘のようなことが始まっているのかもしれない。

駕籠屋の若い衆たちの話を聞くのは容易ではない。なにせ、ほとんどが出払ってしまう。定町回りの佐野は、

「もどるのを待ってる暇はねえな」

と、いつもの周回に行ってしまった。

昼飯どきに、たまたま近くにいた駕籠は、ここにもどって来て、飯を食う。そこを捕まえて話を聞いた。

大野屋又造と、本屋の専右衛門が文句を言ってきた件をよく聞いてみると、騒ぎを起こしたと言っても、どれも仲間うちの喧嘩だったらしい。

いっしょに組んだときのかつぎ方だの、仕事が終わったあとの賭《か》けごとだのが原因で、酒が入ると喧嘩になる。

だから、大野屋や本屋から文句を言われても、「しょうがねえな」と思うくらいで、それが恨みにまでなったようすはない。

夜になってもどって来た最後の若い衆の話を聞いても、やはり同じだった。気は荒いが、気のいいところも多い連中なのである。

腹が減ったので、麻布に帰ることにした。浜松町四丁目の番屋に立ち寄ると、大野屋の手代がいて、

「そろそろあの部屋の矢を片づけて、襖を張り替えてもいいかとお訊きするように言われまして」

と、源蔵に言った。

「そりゃあ、佐野さまに訊いてくれよ」

「ええ。佐野さまは、源蔵親分がいいと言ったらかまわないと」

ずいぶんあてにしてくれたものである。

「じゃあ、おれもかまわねえよ」

そう言って、浜松町をあとにした。

〈小鈴〉にもどると、最後の客が出たところで店じまいにかかるところだった。今日はいつもに比べれば、まだ暇な一日だったらしい。

「まったく面倒な件に関わっちまったよ」

源蔵は、残り物を食べさせてもらいながら、浜松町の騒ぎについて愚痴った。

「それだと、半月前の押し込みも、駕籠屋とつながってしまいますよね」

と、小鈴が言った。

「そうだな」

「それは、なんか変な気がするよ」

小鈴はしきりに首をかしげた。

「佐野さまも頼りになりませんしね。さっきは、矢が刺さった襖の張り替えの許可も、あっしからもらえと言っていたそうです」

源蔵は星川を見て言った。

「あんたを当てにしてるんだろう」

「もうちっとやる気を見せてもらわねえと、困っちまいますよ」

源蔵は苦笑した。

「襖の張り替えね」

と、小鈴はつぶやいた。

そういえば、二階の部屋も襖を張り替えたい。最近、猫のみかんがやたらと襖を引き破るのだ。どうも、柱に爪を立てているうち、手が滑ったかして、柱のわきの襖を破いてしまったらしい。たぶん、それで癖になった。この数日は、面白がってやっている気配がある。

――襖の張り替えはどうやったかしら……。

襖紙を張るだけでは、すぐに破れてしまう。裏紙をたくさん張らないと駄目だろう。それも用意しておかないといけない。

でも、張り替えると、またすぐみかんが破いてしまうかもしれない。それをさせないためには……。

そんなことをぼんやり考えているうち、ふっと別のことが浮かんだ。

「ねえ、源蔵さん」

「なんだい？」

「もしかして、矢は襖を張り替えさせるのが狙いだったのかもしれないよ」

「え？」

源蔵の顔が変わった。

「殺された手代がその襖に手がかりみたいなものを書き残していたら？」

「手がかり？」

「下手人の特徴とかね。もしかしたら、知っているやつで、名前を書いたかもしれない。でも、店の人も、調べに当たった町方の人たちも、まだ誰も気づいていないの。下手人がもし、近くにいるやつだったら、そこを通るたびに気になってたまらないでしょうね」

「ほんとだ」

殺された手代は、斬られたあと、そこを這って行って、店の表で力尽きたのである。

「矢が打ち込まれ、破けたりすれば、襖紙は張り替えられてしまいますよ」

「それには気づかなかったぜ」

源蔵はまだ飯が残っている丼《どんぶり》を下に置いた。のんびり飯を食っている場合ではないかもしれない。

「源蔵。まさか、押し込みの一件以来、大野屋からいなくなったやつはいねえよな？　小鈴ちゃんの推察が当たっているとすれば、そいつはもう、大野屋の中には入れなくなっているはずだぜ」

と、星川が言った。

「います。用心棒をしていた男が、寝入っていて役に立たなかったと、自分で辞めたそうです」

「店を辞める直前にでも襖の何かを見かけたんだろう。その野郎を当たってみるべきだろうな。それと、襖はまだ、張り替えさせねえほうがいい」

「危なかったな」

と、源蔵は立ち上がった。

いまから大野屋に行き、襖の保存と、辞めた用心棒の住まいを訊いておかないといけない。

「ちっと待ちな。いまから動いたら佐野は間に合いっこねえ。おめえ一人で、その用心棒と向き合うことになるぜ」

星川勢七郎《せいしちろう》が刀を差して立ち上がった。


戸締りを終えていた大野屋を叩《たた》き起こし、この前の部屋を見せてもらった。

「これだ、星川さん」

源蔵が指差したのは、襖のいちばん下のほうである。

紅葉した山の絵が描かれているので気がつきにくいが、黒くなった横の線が二本ずつ、二つ並んでいた。血文字である。よく見れば、いかにも恨みがましい。

「なんて書いたんでしょう?」

「いなくなった用心棒は何て言う名だい?」

星川があるじに訊いた。あるじは、定町回りとしてここらを歩いていたころの星川をよく覚えていた。

「はい。井伊左門《いいさもん》さまとおっしゃいました」

と、あるじの又造が答えた。

「いいだよ。いいって平仮名で書いたんだ」

星川はぱしんと手を打った。

倒れたまま書いたため横向きになっていたので、文字にも見えなかったのだ。手代は最後の力を振り絞り、卑怯《ひきょう》な下手人の名を残しておいたのだった。

「かんたんな名前でよかったぜ。これが錦織次郎左衛門《にしきおりじろうざえもん》なんて名前だったら、手代は書き切れなかったかもしれねえ」

「あの井伊さまが……」

又造はつらそうに顔を歪《ゆが》めた。

「そんなふうには見えなかったのかい？」

と、星川が訊いた。

「まったく見えませんでした」

「わからねえものなんだよ。おいらだって、人のよさそうな人殺しを何人見てきたことか」

嘘ではない。だがそれは、偽りの仮面だったわけではなく、人殺しにも善良な面があったということなのかもしれない。

「井伊の住まいは？」

源蔵が訊いた。

「このすぐ近くです。裏にある小兵衛《こへえ》長屋というところです」

「源蔵。行こうぜ」

星川がうなずいた。

「でも、井伊さまはいまもそこに住んでますよ。二千両を奪ってもまだいますかね？」

又造が星川に訊いた。できれば井伊であって欲しくないという顔である。明日あたり、釣りにでもいっしょに行くような約束をしていたのか。

「賢いんだよ、その野郎は。二千両持ってても、すぐに動いたりして怪しまれるようなことはしねえのさ」


「井伊さま」

源蔵が腰高障子の外から名を呼んだ。

路地も狭く、貧しげな長屋である。いわゆる九尺二間《くしゃくにけん》の長屋で、中は小さな土間と四畳半の部屋が一つあるだけだろう。それでも、どこかから子どもの夜泣きする声がしている。

「誰だ?」

すこし呂律《ろれつ》が回っていない。引っ越しは我慢できても、毎晩の酒は我慢できなかったのか。

「大野屋の者です」

「何か用か?」

「井伊さまの忘れ物があったので、お届けにあがりました」

「忘れ物だと?」

怪訝《けげん》そうな声がし、しばらく間があって、ゆっくり戸が開いた。

井伊左門が姿を見せた。

歳は四十ほどか。背が高く、痩《や》せている。立ち姿に隙《すき》がない。着流しで、刀を一本、差していた。

大野屋のあるじが意外そうにしたのも無理はなかった。押し込みを働いた浪人者の顔ではなかった。ちょっと甘過ぎるくらいのみたらしをつくる団子屋のあるじの顔だった。

「忘れ物などしたかな」

井伊はそう言って首をかしげた。たしかにこの男は、忘れ物などしない。いまもちゃんとすばやく腰に刀を差して出てきたのだ。

源蔵が数歩下がっていて、十手を見せながら、

「半月前の押し込みのことで、ちっと話が聞きてえんですが」

と、言った。

「なんだと」

井伊が刀に手をかけた。

「それと、ここらで矢を射かけてまわった件でも」

源蔵は臆《おく》せず、さらにそう言った。

井伊は後ろを見た。おそらく、部屋の中に楊弓があるのだろう。

「襖に、平仮名でいいって名前があるのを見つけたんでしょ。あそこを通って窓からのぞくたび、旦那は気になってしょうがねえ。早く襖を張り替えさせたくて、あるじを狙うふりして襖に矢を突き立てた」

「…………」

「さらに、押し込みとの関わりをごまかすため、本屋のあるじや、駕籠屋の若い衆を狙ったふりをした。矢羽根を替えてみたのも、そんなところが狙いだったんでしょ」

源蔵がそう言うと、井伊の右足がかすかに前に動いた。

「源蔵、下がれ」

星川がそう言って、わきから近づいた。思ったより腕が立ちそうだった。

「なんだ、きさまは？」

「町方の用心棒かな」

すこしおどけた。

「たあっ」

井伊左門は、いきなり抜き放った。鋭い剣である。だが、踏みこみは甘い。

星川はすばやく後ろに下がり、刀を抜いて身構えた。斬り合いはひさしぶりであるが、稽古《けいこ》は怠っていない。毎晩、墓場に行っては、半刻《はんとき》（およそ一時間）ほど剣を振っている。息が上がって、坂道で転がった悔しさは忘れていない。

「くそぉ」

袈裟《けさ》がけに斬ってきた井伊の剣を、軽く合わせるようにしてやりすごし、引きぎわに突いて出る。

同じような動きが三度つづき、その三度目で、井伊の右手の親指のあたりから血が流れた。

「ううっ」

一見傷は小さいが、損傷は意外に大きい。

秘剣老いの杖《つえ》。平手《ひらて》造酒《みき》が命名してくれた剣である。

もう一度、斬ってきたが、すでに力は半減している。星川の次の突きが、左腕の手首を刺し、刀を落としかけたとき、

「てやぁ」

峰に返した剣で肩を強く打った。

井伊の刀が落ち、

「神妙にしやがれ」

源蔵の縄が、夜の蛇のように宙でとぐろを巻いた。

第二章　犬を食った男

一

「ほら、小鈴ちゃん。あいつ、何て言ったっけ。ときどき来る、背が高くて、色が白くて、戯作者の卵だってやつ」

常連で太鼓職人の治作《じさく》が、酒を一口飲むとすぐに言った。今日はその話をするつもりで来たらしい。

「この前、名前を聞いたよ。花垂孝蔵《はなたれこうぞう》さんて言うんですって」

と、小鈴は言った。

「花垂孝蔵？」

「そう。洟垂《はなた》れ小僧の洒落《しゃれ》なんだって。変な名前だから名乗るのが恥かしいらしいよ」

「名乗るのが恥かしい号なんざつけることはねえだろうが」

「でも、恥かしいくらいの名前のほうが、一度聞いたら忘れないので、商売上ではいいんですって」

「なるほど」

「あたし、知ってる」

と、お九がぽんと膝《ひざ》を叩いて言った。

「戯作を読んだの？」

「そうじゃない。その人、芝居の台本も書くでしょ？」

「それは知らない」

「芝居ったって三座のような大きな舞台じゃないよ。このあいだ、増上寺《ぞうじょうじ》の門前でやった小芝居の台本が、たしか花垂孝蔵だったよ」

お九は湯屋の仕事が忙しいわりに、芝居もよく観《み》ている。

「面白かった？」

「けっこう面白かった。剣豪の塚原卜伝《つかはらぼくでん》が猪《いのしし》退治をする話なんだけど、猪は犬なんだよ」

そう言いながら、お九はすでに笑っている。

「犬？」

「本物の犬に猪の着ぐるみを着せて、宙乗りみたいにするんだけど、犬だからわんわんとか鳴くわけ。それでまた大笑い」

「へえ」

「その犬のことなんだよ、小鈴ちゃん。おれが言いたいのは」

と、太鼓職人の治作は憤ったみたいに言った。

「どうかしたの？」

「怪しいんだよ」

「何が？」

「飼っていた犬を食っちまったかもしれないのさ」

「ええっ」

小鈴は目を丸くした。

「あいつ、坂下の長屋に住んでいるんだけど、赤い犬を飼ってたんだよ。その犬を近ごろ、見かけないんだ」

「だから食べたとは限らないでしょ」

「だって、あいつが鍋を食ってたのを見たんだ」

と、治作は自信があるような口調で言った。

「鍋を食べていたからって、どうして犬を食べたことになるのよ」

小鈴はたしなめるように言った。

「わかってないな、小鈴ちゃんは」

「なにが？」

「鍋なんか、男が一人暮らししてたら、よほどのことがないとつくらないよ。材料をそろえるだけでも面倒だし。なあ、甚太《じんた》？」

いっしょに飲んでいた笛師の甚太に言った。

「ああ、つくらねえな」

甚太はうなずいた。

「だが、金がないとき、肉が手に入ったら、それはつくるかもしれない」

「それなら、おれもつくるかもしれねえな」

甚太がうなずくと、

「ほらね」

と、治作は自慢げに言った。

治作はいま、仔猫《こねこ》を育てている。甚太からもらった猫である。

これで生きものの可愛《かわい》さに気づき、町内にいる生きもののこともやたらと気になってきたらしい。どこどこにはどんな犬猫がいるなどと、ずいぶんくわしくなっていた。

「しかも、あいつはこの前会ったとき、かなり金に困っていそうだった」

「まあ」

「貧すれば鈍するだ」

「それはわかるよ」

「仔犬のときから育て、かわいがっていた犬だが、背に腹は替えられない。涙を呑んで、食ってしまった」

「かわいそうじゃないの」

と、お九が言った。

「馬鹿。かわいそうなのは、犬だよ。なあ、もも」

治作はここの飼い犬であるももに手を伸ばし、頭を撫《な》でた。ももは嬉しそうに、尻尾《しっぽ》をゆっくりと振った。

「しかも、あいつのところのは赤犬だったからな」

甚太が言った。

「そう。猪の代役を務められるくらいだから、大きくて、肥《ふと》ってもいた。さぞかし食いでもあっただろうな」

「かわいがっていた生きものを食える？」

と、お九が訊いた。

「おれには無理だね。どんなに腹を空《す》かせても食えないよ」

治作は真面目《まじめ》な顔で言った。

「やあだ」

小鈴はだんだん嫌な気持ちになってきた。

犬を食べたというのも本当だったら嫌だが、花垂孝蔵がそこまでお金に困っているというのもかわいそうである。

「その話、もう聞きたくない」

小鈴はそう言って、別の常連のところに行った。

「ねえ、小鈴ちゃん。田舎鍋の味、変えた？」

ご隠居と話していた魚屋の女房のふくが訊いてきた。

「そう。わかります？」

「うん。なんかさっぱりした感じがする」

「これから暑くなっていくんで、夏向きにしたんですよ。ね、日之さん」

「そう。小鈴ちゃんの案を入れてね」

「どうやったの？」

「生姜《しょうが》を磨《す》って、入れただけ」

小鈴がそう言うと、日之助はうなずいた。

「いいの？　そんな味の秘密を教えちゃって」

ふくは訊いておいて、そんなことを言った。

「秘密ったって、こんな小さな飲み屋の秘密なんか、たいしたものじゃないわよね」

「小鈴ちゃんは開けっぴろげだからな」

ご隠居は鍋をうまそうに食べながら言った。

城からの帰り道に、鳥居《とりい》耀蔵《ようぞう》は西の山々の中に富士を見た。夕陽《ゆうひ》の中で三角の富士がくっきり浮かんでいた。

江戸から見られる富士など小さなものである。だが、頭に思い描くのは、神々《こうごう》しいばかりに巨大な富士である。あるいは、たとえ小さくても、まるで江戸の中心にあるみたいに見えてしまう富士である。

それはおそらく北斎の絵のせいだった。

――人心を惑わす絵師よ。

この前、麻布一本松坂の〈小鈴〉に行ったとき、ちょうど北斎が来ていた。おそらく爺いも、おこうの面影を求めて、あの店に出没しているのだろう。それも北斎が気に入らない理由の一つだった。

屋敷にもどり、着替えを終えるとすぐ、戸田《とだ》吟斎《ぎんさい》の部屋に行った。

もちろん、もう座敷牢《ろう》にはいない。北向きの離れのような部屋だが、一室を与えている。

「のう、戸田。わたしは葛飾北斎を捕まえたくなった」

鳥居の役目である本丸目付《めつけ》の権限からは外れることである。だが、老中水野忠邦《ろうじゅうみずのただくに》から言ってもらえば、町奉行所も動かざるを得ない。

「なにゆえに浮世絵師などを？」

「富士を、さながら幕府に替わる権威のように描いた」

「なるほど」

吟斎はうなずいた。

「そなた、富士講のことは知っているな」

「ええ。四民平等を説いておりますな」

吟斎はどこかに懐かしさを覚えているような口調で言った。一年前まで、愛と自由と平等を信奉していた。それは鳥居耀蔵の執拗《しつよう》な説得で捨てた。捨ててみれば、

「なぜあのようなものに……」と、吟斎は首をかしげた。

「北斎の絵が富士講の信者を増やしつづけているのだ」

「それは間違いないでしょうな」

「富士講に歯止めをかけるには、北斎を牢にぶち込むのがいちばんであろう」

「罪状は？」

戸田吟斎が訊いた。

「罪状か」

「なまじ富士講を持ち出せば、逆に信者を増やしかねません。おかげ参りみたいなことになると手がつけられませんぞ」

伊勢神宮に参るおかげ参りは、何十年かに一度、大流行する。十年ほど前に起きたおかげ参りの流行のときは、五百万人が伊勢に殺到したと言われる。

「そうだな。むしろ、富士講のことは持ち出さぬほうがよいか」

「ええ。恐怖の正体ははっきりさせぬほうがよいのです。うすうすと怖い。それがいちばん恐ろしいのです」

蛮社《ばんしゃ》の連中の捕縛もそれに近い。

「だが、絵のことでなければなるまい」

「もちろんです。北斎はたしか、南蛮から入ってきた藍色《あいいろ》を多用していたはず。あれなどは、わが国の絵の伝統を壊したといってもいいでしょうな」

「まさに、そうだ」

「北斎も、絵についてのことが応《こた》えるでしょうな」

戸田吟斎は、嬉しそうに言った。

二

花垂孝蔵がひさしぶりに〈小鈴〉に顔を出した。

このあいだ来たときより、表情が明るくなっている。魚屋の女房のふくとも顔見知りで、そのふくと話すのを聞いたら、いま愛宕山《あたごやま》の下で花垂の芝居がおこなわれているらしい。ふくの友だちがそれを観てきたらしく、

「あの階段の上から石が落ちてきたのはびっくりしたってさ」

と、感想を伝えていた。どうやら、芝居の中で張りぼての岩が転がってくるような仕掛けがあったらしい。

花垂孝蔵は自慢げな顔をしている。

そんな花垂を奥のほうの席で見ながら、

「ねえ、治作さん。訊くんでしょ。犬のことを？」

と、お九が言った。

「訊けないよ。食ったって言ったらどうするんだよ?」

「味はどうだったって」

「馬鹿言え。あんたが訊けよ」

「でも、もし犬を食べてたって罪にはならないよね」

「昔はそういうこともあったらしいぜ」

「近ごろ、お前ん家《ち》の犬を見ないけど、どうしてる? と、それくらいは訊けるだろうよ」

と、笛師の甚太が言った。

「だったら、お前が訊けよ」

治作がやり返す。

「いや、おれはもともとあいつとそんなに仲よくないし」

「何よ。だったら治作さんは勝手に噂だけでっち上げて、常連客に濡《ぬ》れ衣《ぎぬ》を着せただけになるよ」

お九が非難するように言うと、

「そうだよ」

と、甚太も治作を咎《とが》める目で見た。

「わかったよ、訊くよ。訊きゃあいいんだろ」

と言い、治作は楽しそうに話していた花垂に声をかけた。

「よう、花垂。最近、お前ん家の犬を見ないけど、どうしてる？」

「ん？　ああ」

花垂は返事を濁した。

あとは、その話はしたくないとばかりにこっちを向かない。ふくに、愛宕山の下でやっている芝居の台詞《せりふ》を聞かせているらしい。

「ほら、怪しいだろ」

「なんか隠しごとがある感じだね」

お九もうなずいた。

「小鈴ちゃんもそう思うだろ？」

治作は小鈴の賛意が欲しいらしい。

「どうかなあ」

小鈴は首をかしげた。このあいだから、この話にはあまり乗らない。花垂孝蔵はどうしてもそういうことをしそうには見えないのだ。

犬一匹つぶして、食べられる肉はどれくらいになるのか。そんなことをするなら、花垂孝蔵は海に出て魚を釣ったり、貝を獲《と》ってきたりしそうである。粋《いき》がったり、喧嘩したりはしそうもないが、しなやかな強さみたいなものが感じられるのだ。

「おめえら、なに、こそこそ話してるんだ？」

源蔵が訊いてきた。

「じつは……」

と、お九が事情を説明した。

「犬なんか食ったっていいだろうが、別に」

「源蔵さん、食べるんですか？」

「一度、食ったことあるよ。とくにうまいってほどじゃなかったけどな」

「でも、飼っていた犬をですよ」

「ああ、そりゃあ食えねえかな」

源蔵もさすがにそれは無理らしい。

「そんなひどいことを、町方が許していいんですかねえ」

治作は厭味《いやみ》たらしく言った。

そのとき、花垂の大きな声がした。

「そりゃあ、やっぱり薬喰《くすりぐ》いでしょう」

薬喰いとは肉食のことである。

「え？」

お九たちはそっとそっちを見た。

「軍鶏《しゃも》もいいけど、疲れが取れて、力がつくのは猪ですよ」

花垂はそう言っている。芝居の話は終わり、今度は身体を大事にするような話題に取って代わったらしい。

「猪の話だってよ」

と、小鈴は言った。犬の話でも猫の話でもないのだ。

「獣《けもの》臭くないかい？」

ふくが訊いている。

「おれは生姜をいっぱい磨って、からめるんだ。大蒜《にんにく》でもうまいんだけど、あれは次の日に臭いって言われるからな」

花垂が自慢げにそう言うと、

「あ、おれ、あいつが生姜と大蒜を持ってたのを、最近見かけたぜ」

と、こっちで治作が言った。

「じゃあ、やっぱり？」

お九が顔をしかめた。

「あの野郎、ほんとにひどいやつだったんだ。飼ってた犬をつぶして食うなんて」

「ほんとだね。ねえ、小鈴ちゃん。あいつ、もう、この店に来させないで」

お九がそう言うのに小鈴は苦笑した。

「あたしはそんなことしてるとは思わないよ。この前は芝居で猪の替わりに使い、今度もまた、なにかに利用してるだけだと思うよ」

「なにかってなんだよ？」

甚太が訊いた。

「まさか、あいつもちんねこか？」

治作が笑いながら言った。ひと月ほど前、甚太が、犬の狆《ちん》と猫のあいだに仔ができたと言い出して、ちょっとした騒ぎになっていたのである。もちろん、それは行き違いから来た誤解だったとはわかったのだが。

「そうじゃないよ」

「なに？」

「たぶん犬の力」

と、小鈴は言った。生きものは凄《すご》い能力を秘めている。それを上手に使ったら、人間なんてとてもかなわない。

だいぶ遅くなってから、葛飾北斎が顔を出した。

この前、大塩たちが来た日よりは顔色がいい気がする。

いつものように入口近くの隅の席に座り、冷やっこと小鈴丼を頼んだ。

「これもどうぞ」

「小鈴ちゃん。おれはお茶なんか飲まないぜ」

北斎は酒もお茶も飲まない。煙草も吸わない。

「お茶じゃありませんよ」

北斎は一口飲んで、

「柚子《ゆず》湯じゃねえか」

　嬉しそうに目を瞠《みは》った。

「北斎さん用に冬のうちにつくっておいたんですよ。このあいだは、北斎さんだけ特別扱いになるので、お出ししませんでした」

「ほう。それにしても、おれが飲んでるやつよりうまいぜ」

「違いますか？」

「コクがある」

「蜂蜜《はちみつ》が手に入ったので、それに漬けておいたんです」

「なるほど。砂糖漬けよりも身体によさそうだ。ありがとうよ、小鈴ちゃん」

「いいえ。それより、今日は本所からですか？」

「うん。芝にいる弟子が祝言《しゅうげん》を上げたので、挨拶《あいさつ》に来たのさ」

　そこからさらに足を延ばしてくれたのだ。

「わざわざありがとうございます」

「じつは、しばらく江戸を離れようと思ってるんだよ」

「どうしてですか？」

「この前も言ったが、ここんとこ、見張られている気がしてな」

「まあ」

「なあに、見張られるのは初めてじゃねえ。ただ、今度のはちっとやばいんじゃねえかと、虫の報せみてえな声が聞こえるのさ」

「そういう勘は大事になさったほうがいいですよ」

　小鈴はそう言ったが、たぶん勘だけではないのだ。北斎はふつうの人が見えない細かいところまで一瞬で見て取る能力がある。だから、たとえば人ごみの中でも、自分を見張る目に気づいたりするのだ。

「どこに行くんですか？」

　と、小鈴は訊いた。

「信州の小布施ってところさ。おれの古い弟子がいて、天井画を描いてくれと言ってきてるのでな」

「天井画？」

「そう。わが国にはそれほど多くないが、南蛮の寺などにはよくあるらしい」

「天井に何を描かれるのですか？」

「それはまだ決めていないが、空を覆いつくすみたいなものを描きたいよ」

「ぜひ、見てみたいです」

小鈴は感激した声で言った。

「ああ。しばらくお別れだが、小鈴ちゃんも達者でな」

「何かお手伝いできることは？」

「大丈夫だよ。お栄もいっしょだし」

北斎は小鈴丼をうまそうに食べ終え、多めにお代を置いて立ち上がった。

小鈴は外まで見送ることにした。

「じゃあな、小鈴ちゃん」

振り向いて、手を上げ、笑顔を向けてくる。若者のようなしぐさ。母にもそんなふうにしたのだろう。北斎の気持ちはまったく老いていない。

「北斎さん。危ないですよ」

そう言ったときである。

足がもつれた。歳のせいというよりは、坂にできた荷車の轍《わだち》のせいだろう。

かくん。

というように身体が傾き、ごろりと横転した。

「大丈夫ですか」

小鈴が駆け寄った。

「痛《い》てて」

足をくじいたらしい。

「ちょっと待って」

すぐに星川を呼んできた。

「大丈夫だ。舟のところまで肩を貸してくれ」

「駄目ですよ。おいらの家の近くに骨接《ほねつ》ぎがいますので、そいつに診せたほうがいい」

とりあえず今晩は、星川の家に泊めることにした。

三

次の日も花垂孝蔵は〈小鈴〉に顔を見せた。二度目の客の波が去り、日之助がぼちぼち片づけを始めたころである。

「なあ、小鈴ちゃん。昨夜、そこんとこに座っていた年寄りがいたよね」

「ええ」

どきりとした。

北斎はまだ星川の家にいる。骨接ぎを呼んで診てもらうと、折れてはいないが、しばらくは動かさないほうがいいだろうとのことだった。星川は北斎の世話をするので、今日はこっちにも来ていない。

「あの人、葛飾北斎じゃないよな？」

完全に自信のある口調ではない。もしかしたら、そうではないかというくらいだろう。

「北斎？」

小鈴はとぼけた。

北斎自身は、自分が絵師であることを隠してはいない。ここの常連にも知っている人は何人もいる。

隠してはいないが、ことさらに名乗ったりもしない。小鈴に特別な待遇を要求することもまったくない。一人の客として、ごくふつうに扱ってくれることを望んでいる。

「ああ、絵師の北斎を知らないの？」

「あまり、知らない」

「天才絵師だよ。いまは北斎を名乗っていない。卍老人《まんじろうじん》かな。とにかく、あれほど有名になった名前を、人にあげてしまったりするんだ」

「そうなの」

「名前なんかに執着しない。ひたすらいい絵を描きたいと願ってる。しかも、北斎はもう八十ぐらいのはずだけど、まだまだ新しい絵の世界に取り組もうとしているんだ」

「赤い富士の絵は北斎だよね」

「そうさ。あの絵を見たのは六、七年前だったけど、おれはぶったまげたよ。いままで、いつも見ていた富士をあんなふうに描いた人は誰もいなかった。北斎が富士の絵を描いて、初めておれは富士がくっきりと頭の中で描けるようになった」

「確かに富士って言うと、北斎のあの赤い富士が浮かんだりするね」

「そうだろ。北斎があの横長の絵にして『富嶽《ふがく》三十六景』を描かなかったら、ほかの風景画だって生まれなかった。広重《ひろしげ》の『東海道五十三次』だって、北斎の富士があったから生まれたんだぜ」

「へえ」

「それほど凄い風景画の世界を創《つく》り出しておきながら、いまはまた、別のことを始めているらしいよ」

「どんな？」

「版画じゃなく、肉筆画を一生懸命描いているって聞いたよ。版画と違って、おれたちはなかなか見られないけど、でも、凄いなって思うよ」

「じゃあ、昨日の人が北斎だったら、声をかける？　ここにときどき来るよ。近づきになりたい？」

小鈴がそう訊くと、

「いやあ、それはしたくないね。北斎もたぶん嫌だろうし」

「そうなの？」

「北斎って人はたぶん絵を描きたいだけなんだよ。だから、知らない男の称賛の言葉なんか聞いたって、たぶん鬱陶《うっとう》しいだけなんじゃないかな。おれのほうも、あの人がもし北斎だったとしても、会えただけで充分だよ」

そう言って、満足したみたいに寝そべっていたももの頭を撫でた。

「犬、好きなんでしょ？」

小鈴は訊いた。つらそうな顔をしたらどうしよう。

今日は、治作や甚太は来ていない。お九もちょっと顔を出したが、忙しいからと早めに帰って行った。

「ああ。おれも飼ってるからね」

と、花垂はうなずいた。飼っていた、ではない。飼っていると言った。やっぱり死んでなんかいない。

「恋しくなっちゃうよ。赤っぺって名前なんだけど、いま、よそで大活躍してもらってるんだよ」

「その話、聞きたい」

と、小鈴は催促した。

「ないしょの話だぜ」

「わかった」

「おれの長屋を表に出たところに、〈やなぎ家〉っていう料亭があるんだよ」

「ああ、あそこ、有名なんだよね」

黒板塀でぐるりと囲まれた家である。その塀のところどころから、柳の枝が顔をのぞかせている。

ときどき芸者なども出入りし、外からでも繁盛ぶりはうかがえる。なんでも、日本橋あたりの通人《つうじん》も大勢訪れるらしい。

「半年ほど前に、あそこの板前と友だちになったんだけど、ずいぶん愚痴を聞かされていたんだよ」

「どんな愚痴？」

「とにかく弟子の待遇がひどいんだって」

「そうなの」

「十年働いても、のれん分けの話などいっこうに出てこない。しかも、味の秘伝のところはまったく教えてもらえない」

「ケチなんだね」

「ああ。あの料亭の売りが〈天下鍋〉という鍋物なんだ。それには秘伝の味付けがあるらしいよ」

「秘伝かあ」

そう言われると興味がわく。食べてみたいが、たぶん〈小鈴〉の客で五人分くらいのお代はゆうに取られる気がする。

「見えている材料のほかに、すりつぶしたりしてわからなくなった何かが、味付けか香り付けとして五つほど入っているそうなんだ」

「五つというのはどうしてわかったの?」

「旦那は誰もいないところでその味付けをするんだけど、おれの友だちが、遠くから遠眼鏡《とおめがね》でのぞいたら、五つの甕《かめ》から何かを入れていることだけはわかったのさ」

「遠眼鏡でのぞいたの?」

「その友だちは半月ほど前に店を辞めたんだけど、どうしてもその味を知りたかったのさ。十年、真面目に働いたやつに教えないんだぜ」

花垂孝蔵は憤った口調で言った。

「五つか」

「ああ」

「それも、砂糖やみりんなど、当たり前のもの以外に五つだよね」

「そうさ」

それほどの数ではない。

だが、さまざまな材料から五つだけを割り出すのは大変だろう。

「話を聞いて、おれはやってやるよと言ったのさ。そんなケチなあるじの鼻をあかしてやりたいって思ったからね」

「やれたの？」

「ああ」

「どうやって？」

小鈴が訊くと、にやりとした。

「うちの犬の赤っぺに助けてもらったのさ」

「犬に？」

やっぱりそうだった。

「犬ってのは、恐ろしく鼻が発達してるのは知ってるね」

「ええ」

鼻と耳が凄いらしい。人ではとてもわからないようなかすかな匂いを嗅《か》ぎ取り、小さな物音も聴き分ける。

〈小鈴〉のところのももだって、常連のお客が来るときは、坂道の半ばあたりにいるときから尻尾を振りはじめたりする。あれは足音を聴き分けるのだろうが、匂いも嗅いでいるかもしれない。

そういえば、たまにだけ来る医者は、「たぶん犬は、腹に腫瘍《しゅよう》ができた患者の匂いも嗅ぎ分けている」と言っていた。

「それを使ったのさ」

「どうやって？」

「まず、おれはやなぎ家に客として入り、天下鍋を頼んで、隠し持っていた器にその中身を入れてきたのさ。おかげで、金はすっからかんになっちまったよ」

「そうなんだ」

金回りが悪そうだったというのもそのせいだったのだろう。だが、しょぼくれたようすはまったく感じられない。

「次に、いろんな材料と、鍋の匂いを嗅がせて、中に入っているかどうかを一つずつ確かめさせたんだ」

「どうやって?」

「たとえば、こっちで赤っぺに生姜の匂いを嗅がせるわけ。それで、隣の部屋には、天下鍋と生姜を抜いた鍋、それから生姜を入れた鍋を置いておくんだよ」

「うんうん」

じつに面白い話である。

「赤っぺは、生姜を入れた鍋と、天下鍋のところに行って、尻尾を振った。だが、生姜を抜いた鍋のところではなにも反応しないんだ」

「尻尾で教えるのね」

「そのやり方を覚えさせるまでは、おれも赤っぺもいろいろ試したんだけどね」

「へえ」

「あとは、いろんな味のもとになりそうなものを、一つずつ試していくだけだったよ。百近い味を試したかもな」

「ぜんぶ、わかったの？」

「いまのところ、四つまでわかった。味も天下鍋にずいぶん近づいたよ」

「凄いね」

「おれが凄いんじゃない。赤っぺが凄いんだ」

そうではない。犬の能力を使い切った飼い主も賢いのだ。

「だから、犬の姿が見えないのね」

「ああ。だって、家じゃやなぎ家の匂いがいつも流れてくるんだもの、とても判別なんてできねえよ」

「そうだよね」

「それで匂いの来ない赤坂の友だちの家まで連れて行き、そこでそれをずっとやってるのさ」

「うちのお客さんは、花垂さんが鍋食べてるの見て、犬をつぶして食ったんじゃないかって心配してたんだよ。いままでいた犬の姿も見えなくなったからって」

と、小鈴は言った。治作の名は伏せた。治作だって悪意があって言い出したわけではないのだ。

「飼ってかわいがっていた犬を食えるか。友だちに鍋の材料をもらったからだよ」

「じゃあ、赤っぺは生きてるって言っといてあげようか？」

「いや、別に誤解されてたってかまわないよ。どうせ、そのうちわかるんだから。それより、その犬を食うって話をもとに、なにか面白い戯作でもできるといいんだがね」

　花垂孝蔵はさっそく何か考えはじめたらしかった。


「悪いな、元同心の旦那」

　と、北斎が照れたような顔で言った。

「なあに、高名な北斎先生がうちに泊まってくれるなんて光栄ですよ」

　星川はそう言って、北斎に白湯《さゆ》を手渡した。

　昨夜、ここに担ぎ込み、朝早くに骨接ぎを呼んだ。

　痛めたのは、左の足首である。折れてはいないがひびくらいは入っただろうという診立てだった。動かさないほうがいいというので、添え木をし、さらしをきつく巻いた。

北斎は意外に素直で、愚痴も文句も言わず、昼間もおとなしく寝ていた。

さっき〈小鈴〉でつくってもらった天ぷらをおかずに、二人で夕飯を食べ終えたところだった。

「旦那は男やもめかい？」

北斎は腕をまわしながら訊いた。

「ええ。八丁堀に倅《せがれ》夫婦がいますが、気ままにやりたいんで、家督をゆずったあとは一人暮らしをしています」

「それで、おこうさんに惚《ほ》れて通った口か」

「まあね」

隠す気はない。

「いい女だったからな、おこうさんは」

「北斎先生から見ても？」

「ああ。おれは美人画は駄目だって若いときに言われ、それからはあまり描かなくなっちまったけど、おこうさんは描いておけばよかったよ」

「描いてくださいよ」

北斎の描いたおこうの絵。さぞや高いのだろうが、飯代をけちっても欲しい。

「考えとくよ。それより、旦那は飯つくるのも、掃除も洗濯も、ぜんぶ一人でやるのかい？」

「もちろんです」

もっとも飯はこうして〈小鈴〉の残りものをもらって来ることが多い。

「たいしたもんだ」

「とんでもねえ。それより、おいらはこの先もずっと一人暮らしをするつもりなんですがね、いまからやっておくべきことってのはありますか？」

人生の先達《せんだつ》に訊いておきたい。八十になったのに、こんなふうにいきいきと暮らしていくには、どんな知恵が必要なのか。

「そりゃあ金はあったほうがいいね。たっぷり持っているか、あるいは死ぬまで稼げる仕事を持っているか」

「なるほど」

星川は蓄えもある程度はある。それに、〈小鈴〉のあがりを四等分してもらうことになっているので、どうにか食っていくくらいはできそうである。

「だが、なによりも身体が丈夫であることさ」

「ええ」

「おれは六十七のとき、中風で一度、倒れているからね」

「そんなふうには見えませんぜ」

「そりゃあ、そのあとはずいぶん身体に気をつけたもの」

「その養生法をぜひ」

「まず、いろいろ書物を調べて、中風の回復には柚子がいいと思ったのさ」

「柚子がですかい？」

そういえば、小鈴がそんなようなことを言っていた気がする。

「柚子の季節にはしこたま仕入れておいて、これの砂糖漬けをたっぷりつくるんだよ。それを溶かしたやつを一年中飲んでるのさ」

「へえ」

「ただ、口にするものというのは、おれにはよくても、誰にでもいいとは限らねえ。そこはいろいろ調べて、自分に合ったものをつづけるべきだろうな」

「なるほど」

「あとはとにかく身体を動かすことさ。全身の筋が固まったりしないように、おれは毎日かならず、こうやって手足や腰をいろんなふうに動かしている」

と、北斎はそれをやってみせてくれた。くじいた足はさすがにやれないが、手の先を足の先につけたり、あぐらをかいたまま身体を後ろにねじったり、おかしなしぐさもしてみせた。

「全身の筋を伸ばすのは、頭を使わねえとできねえぜ」

「そうでしょうね」

星川は、北斎の描いた『北斎漫画』を見たことがある。それには人間のしぐさもいろいろ描かれていた。まさに、そうした北斎の努力が実を結んだのだろう。

「それと、とにかくいっぱい歩き、いっぱい力を使うことさ」

北斎は口だけではない。今日だって、足に添え木をして横になっていても、動かせるほうの足や手などに、力を入れながらまげ伸ばしをつづけていた。

「北斎先生はやっぱり凄いや」

星川は心底、感心した。

四

三日ほどおいて――。

まだのれんを出す前に、花垂孝蔵が顔を出した。

「小鈴ちゃん。五つ目の隠し味もわかったぜ」

「凄い。赤っぺはぜんぶ突きとめたんだね」

「見たことのない犬だが、いまはひどくなじみ深い気がしている。

ああ、意外なものだった」

「なに?」

「漢方薬に入れる陳皮《ちんぴ》を入れてたんだ」

「へえ」

陳皮などというといかにも薬のようだが、じつは蜜柑《みかん》の皮を乾燥させたものである。匂いは蜜柑のそれがかすかにするのだろうが、味の見当はつかない。かすかな酸味にでもなるのか、それとも香りだけのことか。

「つくってみせようか」

「ここで？」

「これを煮るだけだから」

と、持っていた風呂敷包みを解いた。土鍋が出てきた。材料はすでに、ぜんぶ中に入っているらしい。

「いいの？　やっと調べあげたものなんでしょ」

「かまうもんか。あの料亭の中で食えば、二人で一両は取られる味だぜ」

秘密になんてしない。花垂は天下鍋をここの調理場でつくってみせた。

日之助も感心した。

「こりゃあ、うまいね」

あとは、いわゆるお膳立てだろう。

見た目や出し方、器など。

さらに、そこで食べたという客の見栄《みえ》を満足させられたら、一両の代金は正当なものになる。

儲《もう》かるかもしれないが、小鈴はその手の商売は興味がない。

「あの店を辞めた板前三人が、すでに赤坂で店をやっているんだよ」

「へえ」

「おれもいっしょにやろうと誘われたんだけど、戯作者の仕事は諦《あきら》めたくないしね」

「そうだよ」

芝居の話をしているとき、ひどく楽しそうだった。それを諦めてしまうのは、いかにも勿体《もったい》ない。

「それで、夜だけ手伝いに行くことにしたんだ」

「大変だね」

「どっち道、芝居だけじゃ飯は食えないからね」

「そうらしいね」

芝居、芸ごと、絵、文芸……そうしたもので暮らしていくのは大変だと、あちこちで聞いてきた。

「もともと繁盛していたところに、この鍋が加わるんだ。大繁盛間違いなし。おれもとりあえずは、食う心配がなくなったよ」

「よかったじゃない」

「ああ。これで本業のほうも好調になってくれるといいんだけどな」

そう言って、笑った。やりたいことに励んでいる人の笑い。

――いい笑顔……。

小鈴は胸がきゅんとした。


本当に北斎は見張られていた。

日之助は、北斎が足を怪我して麻布にいることを伝えるため、本所の北斎の家を訪ねて、それを目の当《ま》たりにした。岡っ引きと手下二人が、猪が餌でもあさるみたいにいやしそうに、北斎の家を取り巻くようにしていた。

しかも、奉行所の同心が直接、やって来た。

日之助は金魚売りを装っていて、北斎の家に近づき、同心とお栄が話すのを聞いた。

「旅に出たんですよ、たぶん」

と、お栄が言った。

咄嗟《とっさ》の機転でしらばくれているのだ。北斎は、心配するので見張られていることを伝えていないらしいが、そこは北斎の娘である。独特の勘働きがあるのだろう。

「どこに？」

「さあ、富士の見えるあたりじゃないでしょうか？」

「じつは北斎の描く絵のことで、いろいろと嫌疑がかかっている。ちと、大番屋まで来てもらいてえんだ」

「大番屋に？」

お栄の声音《こわね》が硬くなった。

「ああ、そのまま奉行所行きになるかもしれねえぜ」

「絵のことでなにを疑われなくちゃならないんですか？」

「おれたちにそんな難しいことはよくわからねえ。とにかく北斎の絵ってえのは、見る人が見ると、ずいぶん問題があるらしいぜ」

「そんな」

お栄は絶句し、すがるような目で外にいた金魚売りの日之助を見た。初対面だから、日之助のことなど知っているはずもなかったのに。

ついに北斎の尻に火がついたのだ。
――まずはお栄を連れ出さなければ……。
これは大ごとになりそうだった。

第三章　祟りの絵

一

「ここが星川さんの住まいですか」

小鈴は星川の家の中を見回した。

日之助もいっしょである。北斎の見舞いがてら、逃がす相談に来た。

小鈴は、星川の家に来たのは初めてである。荷物の受け取りなどで、日之助と源蔵の家にはちょっとだけ立ち寄ったことがある。

——母さんは来たことがあったのだろうか。

ちらりと思った。

六畳一間の長屋だが、裏庭につづいているので、風通しはいい。いまは雨が降っているが、天気がよければ陽当たりもいいだろう。

北斎が布団を敷きっぱなしにしているので、片づいているようには見えないが、もともとものが少ないからだろう、散らかった感じもしない。

「あまりものは持ちたくねえんだ」

星川は、つねづねそう言っている。身ひとつであの世に行きたいと。

それをちゃんと実践しているらしい。

「まだ歩けそうもないですか？」

小鈴は北斎に訊いた。

「駄目だな。杖をつくにも、長い棒を使って、かなり重心をかけるようにしねえと進めねえ。追われて逃げるなんてことは無理だ」

「やっぱりヒビくらいは入っていたのでしょうね」

「そうだな。骨の怪我は、年寄りになると治りが遅いというから、あと半月ほどは歩けないかもしれねえな」

北斎は、まだ添え木をしている足を撫でながら、悔しそうに言った。それでも打ちのめされたふうには見えない。

「ただ、北斎さんの家に奉行所の手が伸びてきてますよ」

と、日之助は言った。

「見張られてるんだろ?」

もう慣れていると いった調子で北斎は言った。

「ええ。ですが、あれは見つけ次第、しょっぴこうという見張りですよ」

小鈴もそのようすを聞いて思った。事態は逼迫《ひっぱく》しているのだと。

「罪状はなんだよ?」

「はっきりとは言ってなかったですが、富士講と北斎さんの絵をくっつけようとしているんじゃないですか?」

「そりゃ違うな。おれは富士講のことも、食行身禄のことも知っていたが、最初はただ、富士を描いてみたいと思っただけだ。富士講を流行《はや》らせようと思って描いたわけじゃねえよ」

「北斎さん。蛮社の連中がやられたときを思い出してください。罪状なんかどうにでもできるのは明らかじゃないですか」

日之助が言った。

「まったくだ。とくに、本丸目付の鳥居耀蔵ってやつはな」

北斎もそれは認めざるを得ない。

「目をつけられたら、終わりってことか」

小鈴がつぶやいた。自分たちの仕事もそうだろう。

「早いとこ逃げ出すか」

「それがいいでしょう」

「この足でな」

「そこはなんとかします」

と、日之助がうなずいた。

昨夜、四人で相談した。当然ながら、駕籠を使うという案は出たが、駕籠は足がつきやすい。船を使うという方法もあるにせよ、いつかは降りなければならず、そこから先のこともある。

日之助は、女でも引ける小さな荷車をつくり、それに北斎を乗せればいいという案を出した。

そんなもの、誰も見たことがないと星川たちは言った。日之助も見たことはない。ただ、以前、足の萎《な》えた年寄りを見たとき、寝たきりにさせず、そんな車を使うようにしてはどうかと考えたのを思い出したのだ。

北斎は左足を痛めているが、右足は達者である。もちろん手も使える。そこらも考えて、知り合いの大工につくってもらえばいい。

うまくすれば、お栄一人の力でも北斎を引いて歩けるかもしれない。

「まず、お栄さんを連れ出さなくちゃなりません」

小鈴が言った。

「どうするんだい？」

と、北斎は訊いた。

これについても四人で相談しておいた。

お栄が買いものに出たところに近づいて、人混みにまぎれるようにここまで連れて来ることはできる。

だが、それだといかにも慌てて逃げたふうになり、追っ手はいっそう厳しくなるだろう。

「もっと変な、いなくなり方がいいんだが」

と、星川は言った。二人とも神隠しに遭《あ》ったのではないかと思うような、いなくなり方がいいのだと。

　だが、小鈴は、

「いま、この時期に北斎さんがいなくなっても、誰も神隠しなんか疑いませんよ」

　と反対した。結局、

「富士の絵を描きに旅に出たと思わせるのがいちばんだろう」

　ということになった。お栄もそんなことを言っていた。

「富士を描きにな」

　と、北斎が言った。

「はい」

「おれは信州の小布施に行こうと思っていたんだ」

「小布施は、その足ではまず無理でしょう」

　と、日之助が言った。

「小布施が駄目なら安房《あわ》だな」

「安房ですか。安房はいいと思います」

「しかも、おれがいなくなると、あいつらはあの家におれがもどるまで居座ったりするんだろうな」

「ああ、するかもしれませんね」

「それは嫌だ。とりあえず、引っ越しだな」

と、北斎は言った。

日之助と小鈴は顔を見合わせた。四人の結論もそれだった。

「わたしたちも、それがいいと考えていました」

と、日之助が言った。

「行方《ゆくえ》も告げずにいなくなるなんてことは、おれには珍しくないぜ。なんせ借金取りにのべつ追いかけられているんでな」

「ええ。そうみたいですね」

小鈴がうなずいた。

「では、見張りの途切れたときを狙って、引っ越ししてしまいましょう。わたしが見た限りでは、町方の岡っ引きが下っ引き二人と交代で見張っています。町方の同心も来ます。それにときどき、若い武士もようすを見に来ます。去年、店の前で星川さんと斬り合った男です」

と、日之助が言った。

「あいつか」

と、星川は顔をしかめた。

「夜の見張りはありません。暮れ六つ（午後六時ごろ）前に引き上げると、次の昼近くまではやって来ません」

「それは、おれがいつも昼近くまで寝ているのを知ってるからだよ」

北斎は言った。

「それで、ひとまずあそこから消えて、どこか適当な引っ越し先を探しているのですが、ちょっとまだ見つかっていません」

空き家があればいきなり入れるわけではないのだ。まして、当人が挨拶に行くことはできない。

「また、もどればいいだろうが」

と、北斎は意外なことを言った。

「え？」

「いったん引っ越したと思わせ、またもどっていればいいだろうよ」

「それはまた」

日之助は驚いて小鈴の顔を見た。

「引っ越してしまったと思ったら、もうあそこは見張られねえだろう。万が一、ばれてなにか言われたら、次のところが気に入らなかったからだと言えばいい」

「変わった人で通っている人はいいですね」

小鈴は思わずそう言った。北斎だから通る言い訳だろう。

「それに、あそこの大家はすっとぼけた男でな。以前、お尋ね者をかくまっていたことがあるんだ」

「へえ」

「おれはそれを知ってたが黙っていてやった。もし、お上に密告するようなら、それを持ち出すと脅してやってくれ」

「わかりました。では、荷物のほうは一昼夜、江戸の町を動かし、元にもどしておきます」

北斎の奇策で面倒な処理はずいぶん解決できそうだった。

北斎はここでも絵を描いている。布団の周りには描き損じのような紙が散らばり、墨をすった硯《すずり》も置きっぱなしである。

筆は片時も手放せないらしい。色づけなどはしないが、草案のような絵を何枚も描いた。

お化けの絵だろう。北斎のお化けは怖い。小鈴は皿屋敷の絵と、位牌《いはい》と蛇の絵を見たことがある。そこらの墓場の隅に現われる幽霊とは違って、別世界に連れて行かれるような恐怖を覚える。

話している分には穏やかでやさしげな北斎のどこに、あんな気味の悪い絵が潜んでいるのか。

いま見えている絵では、犬が人の手首を咥《くわ》えている。その犬の目つきが尋常ではない。わきに〈犬神〉という字も見えた。

小鈴は背筋が冷たくなった。

二

坂下の番屋に源蔵がいた。

外は細かい雨が降りつづいている。通りは真っ昼間だというのにずいぶん暗い。

源蔵はここらの住人二人の相手をしていた。二人ともこの界隈《かいわい》では指折りの、繁盛している店のあるじである。

鼻が高く、目がくぼみ、異人のような顔立ちをしているのは、豆菓子をつくる〈豆甚《まめじん》〉のあるじ加右衛門《かえもん》。

背が低く太っていて、恵比寿《えびす》さまのように笑っているのは、〈きつね煎餅《せんべい》〉という老舗の煎餅屋のあるじ長七郎《ちょうしちろう》だった。

二人とも、沈鬱《ちんうつ》な表情である。

「親分に調べてもらいたいことがあって。絵のことなんです」

と、豆甚の加右衛門が言った。

「絵？」

「この絵がそれなんです」

と、加右衛門は懐から出した絵を、源蔵に見せた。

四人、描かれている。浮世絵ふうというより、大和絵《やまとえ》ふうの絵だが、あまり上手な絵師には思えない。四人の名前が入っていなかったら、当人を目の前にしてもわからなかったかもしれない。

鍋釜の問屋〈紀州屋《きしゅうや》〉のあるじ治兵衛《じへえ》。

目の前にいる〈豆甚〉の加右衛門と、〈きつね煎餅〉の長七郎。

そして、質屋の象八《ぞうはち》。

源蔵は四人とも知っている。ここらで指折りの金持ちである。

ただ、質屋の象八は去年、亡くなっている。

古い絵だった。よく見れば、目の前の二人の顔も若い。

「昔、四人で飲んだとき、描いてもらったんです。どこにいったかも忘れていたんですが、それが紀州屋さんの店の中に落ちていて、しかも象八のところにほら」

と、豆甚の加右衛門が絵を指差した。

象八の額のあたりが痣《あざ》のように黒くなっている。

「汚れたんだろう？」

「違いますよ」

「これがどうしたんだ？」

「紀州屋さんは、この絵は祟《たた》りの予告になっていると言うんです」

「祟りの予告ぅ？」

源蔵は素っ頓狂な声を上げた。

「はい。でなかったら、殺しの予告だと」

豆甚も、わきにいるきつね煎餅も、大真面目な顔である。

「予告ねえ。だが、質屋の象八は病死だろう？」

腹に腫瘍ができ、亡くなる前の半年ほどはげっそり痩せていた。一度、道端で会ったとき、「幽霊じゃありませんぜ」と、自虐のような冗談を言っていた。

「ええ。あたしたちもそう思うのですが、紀州屋さんはあれは殴られたんだと言うんです」

「そんな痕《あと》があったのかい？」

「倒れて縁側から落ちてますので、額のところにぶつけた痕はありました。まさにこの絵の痣と一致します」

「じつは、その痕は殴られた傷だとな」

「あたしらも象八の死に顔は拝んでますが、そんなふうには思わなかったのです。ところが、紀州屋さんはいまごろになってそう言い出しました」

「だが、いまさら確かめるのは無理だろうが」

「はい。でも、殺しだったら、その前後に怪しい者を見かけたとか、亡くなったときに妙な物音がしたとか、そこらあたりをもう一度、調べてもらえたらと思ったわけです」

「そりゃああんたたちに頼まれたら、やらないではないがな」

岡っ引きをしている以上、町の実力者の頼みは断われない。もっとも、相応のお礼はあるはずである。

「しかも、数日前には紀州屋さんも狙われたんだそうです」

と、今度はきつね煎餅の長七郎が言った。

「なんだと」

「向こうの坂下の道を歩いていたら、いきなりこんな大きな石が降ってきたんだそうです。当たれば間違いなく即死になるようなものだったそうですよ」

「ほう」

「それで、この絵をよく見てください」

「紀州屋の顔か？」

「わかりにくいでしょうが、髪のたぶさのあたりに、血の色が出ているでしょう？」

「え？」

源蔵は目を近づけた。なるほど、黒い墨の色の上から、朱色がにじみ出ていた。

「ほんとだ」

「ね？」

「こりゃあ、おおごとだな」

こっちこそ、きちんと調べなければならないだろう。

「それだけじゃありません。あたしの首のあたりをご覧になって」

「おい、これは……」

薄く紐《ひも》の痕のようなものが描かれている。

「あたしのほうだって」

と、きつね煎餅の長七郎は、左胸を指差した。

柄と間違えそうだが、着物に血のようなものがにじんでいる。

「こんなことがあったのかい？」

「いえ、あたしたちはまだですが」

「心配になり、こうしてご相談に伺ったわけです」

豆甚ときつね煎餅は、あらためて源蔵に頭を下げた。

「それで、紀州屋はどうしようって？」

二人が相談に来て、肝心の紀州屋はなにも言ってきていないのは変である。

「まずは三人でお祓《はら》いにいこうと」

「お祓いかよ」

「それか神主を呼ぶか」

「地鎮祭じゃあるまいしよ」

「下手人は生身の人間ではなく、祟りみたいなものかもしれないからと」

「祟りとはまた、とんでもないことを言い出したな」

「そうなんですよ」

豆甚の加右衛門はため息をつきながらうなずいた。

「もしかしたら、その下手人だか、祟りだかの相手に、思い当たるやつがいるんじゃねえのかい？」

と、源蔵は言った。だから、こんな馬鹿馬鹿しいような話に怯えているのだ。

「ええ、まあ」

豆甚と、きつね煎餅のあるじは顔を見合わせた。

「この絵の四人で麻布のこの界隈の町役人をしていたことがあったのです。いまから七、八年ほど前でしょうか」

と、豆甚の加右衛門が語り出した。

「そのとき、町内にいつも騒ぎを起こす熊吉《くまきち》といううごろつきみたいな男がいたのです。それがどうにも迷惑をかけるというので、四人はお上に訴えて、江戸ところ払いにしてもらいました」

「なるほどな」

とくに珍しい話ではない。

「もしかしたら、その熊吉がまたもどって来て、ひそかに復讐《ふくしゅう》しようとしているか、それとも最近死んだりして、恨みのある自分たちに祟りはじめたのではないかというわけです」

「ふうむ」

「じっさい、死んだという噂も聞いたことがあるんです」

「だが、そんなに心配なら、なんで紀州屋はお前さんたちを脅すみたいにしているけど、自分で相談に来ないいんだよ？」

「それはたぶん」

豆甚の加右衛門が言い淀《よど》み、

「言いにくいこともあるからでは？」

きつね煎餅の長七郎が言った。

「言いにくいこと？」

「質屋の象八さんと紀州屋さんは、熊吉を便利に使っていたんです。いろいろ面倒な仕事にも駆り出していましたよ」

「あんたたちは？」

「まったく頼みごとをしなかったわけじゃありませんが、象八さんや紀州屋さんみたいに便利には使っていませんでした。たぶん、紀州屋さんもそこらのことが明らかになるのは嫌なのではないでしょうか」

「なるほどな」

「親分」

「なにとぞ」

二人はまた頭を下げた。

「その絵だが、預からせてもらっていいかい？」

「もちろんです」

「見るたびに気味が悪くて」

もう触るのも嫌だというふうだった。

二人を見送ってから、源蔵は外に出た。

番傘が雨をはじく音がうるさいくらいだった。

三

まずは紀州屋に訊かないわけにはいかない。

見ようによっては、豆甚ときつね煎餅を脅している。

だが、紀州屋に二人を脅す意味があるとは思えない。紀州屋の商売はうまくいっているし、代々の資産も相当なものらしい。

紀州屋治兵衛は、若々しい男だった。

あの四人はほぼ同じ歳くらいのはずで、紀州屋も六十近い歳のはずだったが、肌の艶《つや》や身のこなしなど、さっきの二人より二十ほどは歳が下のように見えた。

「豆甚さんときつね煎餅さんからうかがいましたぜ」

源蔵がそう言うと、

「え、親分に相談したんですか」

紀州屋は、怪訝そうな顔をした。

「絵も見せてもらった」

と、さっきの絵を前に広げながら起こったことを訊くと、先に二人から聞いた話とそうは違わない。

お上に相談しないわけを訊くと、

「どうにか自分たちで解決できれば、それに越したことはない。なんせ、われわれは町役人をしていたくらいですから」

と、答えた。

「だが、紀州屋さんよ。ことは殺しだろ？」

「え？」

「だって、象八は殺され、あんただって石を落とされて殺されそうになったんだろ？」

「ええ、まあ」

「人殺しまであんたたちが解決できるのかね？」

厭味たらしく源蔵は言った。

「いや、そうだとわかれば、親分たちに相談しますが、そこまでのつもりはないかもしれないし」

「つもりはない？」

「象八もただ逃げようとして倒れたかもしれないし、あたしのも足元あたりに転がそうとしたのが、頭のほうに来たのかもしれません」

「ずいぶん、下手人にやさしいんだな」

「いや、そんなことはありません。それに祟りのほうだったら、親分に相談しても無駄でしょう？」

「まあな」

　豆甚ときつね煎餅はずいぶん脅すようにしたくせに、いまはさもたいしたことではないと言いたげである。

「あたしは、殺しよりも祟りのほうだと思うんです」

　と、紀州屋は神妙な顔をして言った。

「なんでだい？」

「その絵のことはずっと忘れていたのですが、ある晩、昔の夢を見たんです。四人で遊んでいる夢でした。まだ、皆若くて、楽しそうでしたよ。それで目が醒《さ》めてみると、枕元にこの絵があったんです」

「ほんとか、おい？」

　源蔵は訊いた。鼻で笑ってみせたが、じつは背筋が少しぞっとしている。瓦版屋をしていたら、さぞや脚色たっぷりにつくりあげていただろう。

「それから、つくづく見たら、絵に痣やら血の痕やらがあるじゃないですか。怖くなって豆甚さんやきつね煎餅さんにも相談したというわけです」

「石が落ちてきたんだろ？」

「はい」

「それと、この絵が見つかったのは、どっちが早いんだ？」

「石が落ちた翌日に、この絵が現われました。ですから、怖くなったわけです。あのとき、もしかしたら頭のここに石が当たって、死んでいたのかもしれないんだと思ってしまいましてね」

紀州屋は怯えた口調で言った。

「象八の話は象八の家で聞くとして、あんたが石を落とされたところに案内してもらおうかい？」

源蔵は有無を言わさぬ口調で言った。

「わかりました」

紀州屋もうなずき、いっしょに外に出た。

十番馬場のわきを通り、高台のほうへ進む。ここらは小さな武家屋敷が並ぶ一角で、狸穴《まみあな》とも呼ばれる。坂が何本か並行していて、そのうちの一本が狸穴坂。だが、紀州屋が案内したのは、その坂より一本外れた道だった。

「あ、ここです、ここ」

紀州屋は立ち止まって、道のわきの崖を指差した。崖には木が繁茂し、頭上におおいかぶさっていて暗い。

雨が降っていて、どことなくぞくぞくする雰囲気が漂っている。〈小鈴〉の近くにある暗闇坂とも雰囲気は似通っていた。

「そこらにある石のどれかが落ちてきました」

と、道端を指差した。

なるほど、こぶし大から漬物石に適当な大きさまで、石がごろごろと落ちている。

「ここはお大名の屋敷だよな」

「ええ。たしか、石見《いわみ》浜田藩の松平さまの下屋敷です」

真上に祠《ほこら》も見える。怪しげな場所である。あの裏に隠れたら、こっちからは見えない。

だが、源蔵がお大名の敷地に入り込んで、調べたりするのは無理である。

「追いかけたりはしたのかい？」

「いいえ、だいたいこんな崖をよじ登るのは無理ですよ」

「あんた、思い当たるやつはいるんだろ？」

「ええ、まあ」

「熊吉だっけ。どういうやつだったんだ？」

こっちから名前を出して訊いた。

「じつは、あたしもよくは知らないんですよ。いちばんあいつに頼みごとをしていたのは、質屋の象八さんでしたので」

「よく知らない？　よく知らないやつが復讐しようとしたり、あるいは死んでからも祟ったりするかね？」

「さあ。向こうも誤解してるのかもしれませんし」

と、紀州屋はしらばくれ通すつもりのようだった。


次に源蔵は、死んだ象八がやっていた、新網町の質屋に向かった。大きな質屋で、いまは倅があとを継いでいる。

質屋と悪事は縁が深い。盗んだものが質ダネにされる。盗品とわかっていて買い取れば罪になるが、盗品は安く仕入れることができる。質屋はわからないふりをして、盗品を預かるのだ。

このため、岡っ引きはしょっちゅう質屋に顔を出す。

象八の倅は如才ない男で、

「これは親分。なにか近くで悪事でも？」

と、笑顔を見せた。

「うん。あんたのおやじが使っていた熊吉という男のことが訊きたくてな」

「ああ、うちに出入りしていたのは覚えてますが、だいぶ前ですよね」

「七、八年くらいだ」

「そのころ、あっしは道楽に嵌まっていて、家にもろくろく帰ってなかったんですよ」

「へえ。あんたにもそんなときがあったかい？」

「まだ二十二、三でしたのでね。ですんで、熊吉って人のことはほとんどわかりませんね」

嘘ではないだろう。

「ところで、あんたのおやじが亡くなったのはいつだったっけ？」

「去年の暮れです。病んでからは長かったですが」

「じつは、殺されたんじゃないかなんて話がちらっと出たんだがね」

「それはないでしょう」

と、倅は笑った。

「ないかね」

「だって、うちのおやじはそこで死んだんですぜ。縁側から下に落ちていて、死んだ瞬間は誰も見てませんでしたが、弱っていて厠に行く途中、倒れてそれっきりになったんでしょう。医者もそう言ってました」

「庭からは誰か入れるんじゃねえのかい？」

「そっちの庭は生垣を乗り越えれば入れますが、あんないつ死んでもおかしくないおやじを、人殺しになることを覚悟してわざわざ殺すんですか？」

「そうだよな」

「もしかして、おやじがそんなに誰かから恨まれていたとか？」

「いや、そんなんじゃねえ」

象八は、それはつま先まできれいという人間ではなかったかもしれないが、必要以上に恨みを買うような男ではなかったはずである。

「なんでそんな話が？」

「なあに、じつはおやじさんを含めた四人が描かれた絵があってな、そのおやじさんの顔に痣みたいなやつが入っていたのさ。さらに、そのうちの一人が崖の上から石を落とされたりしたので、順番に殺そうとしているやつがいるんじゃないかという話があるのさ」

変な噂を流されても困るので、かんたんな話にして、ほかの名前は伏せた。

「なるほど。あいにく、あっしにはなんの見当もつかない話です」

「だろうな。たぶん、つまらねえ悪戯《いたずら》だ。忘れてくれ」

源蔵はそう言って、質屋を後にした。

四

町内の年寄りを何人か訪ねて、熊吉のことを訊いた。

たしかにろくでもないやつだった。他人の細かな粗を探しては、脅したり、強請《ゆす》ったりしていた。

だが、町内の連中が便利に使っていたのも確かだった。

こういうやつは町内に一人くらいずついる。ろくでもないのだが、腰が軽く、のべつ動きまわっている。そのため、小銭を稼ぐのに不自由せず、逆に大きな悪事はしないで済んでいる。また、町もこういうやつを必要としていたりもする。

一歩間違えたら、源蔵自身がそういう人生を送っていたかもしれないのだ。

岡っ引きもけっこう頼まれごとはある。

熊吉あたりには、それよりきわどい仕事を頼む。

もっとやばいのはヤクザに頼むしかないが、さすがにそこまでの頼みごとをするような者は滅多にいない。自分も危ない穴に落ちるのがわかり切っているからだ。

江戸ところ払いといっても、江戸に入れないわけではない。住むことができないので、旅の途中ということで宿屋に泊まったり、あるいは品川の先あたりに住んで、毎日、江戸を旅していてもいいわけである。

それほど重罪ではない。

だから、顔を見せていてもおかしくないのに、七、八年のあいだ、なぜ、ずっと顔を見せず、いまごろになって現われたのか。

やはりここらのごろつきで、伊達《だて》さまのお屋敷の裏手にある本村町でかつての熊吉のようなことをしている麦助《むぎすけ》という男が、熊吉の子分格だったと聞いた。

その麦助を訪ねた。

「熊吉兄さんね。あの人は立派な人でした」

麦助は、真面目な顔でそう言った。

「立派な人？　熊吉がか？」

「ええ。あたしは尊敬してましたから」

「尊敬を？」

どんな人間でも尊敬される資格はあるらしい。

「あのマメなところ。なかなかああはできませんよ。これぞという旦那にはぴたりとついて、やって欲しいことをこっちからいろいろと提案するんです。そりゃあ、もう見事なもんでした。それくらいだから、贔屓《ひいき》筋の気持ちを先読みしてしまうところがあって、結局、それが江戸ところ払いにつながってしまったんですが」

町の年寄りの話を合わせると、どうやら質屋の象八の足を引っ張った町の有力者を、熊吉が痛めつけたらしい。その有力者は紀州屋の商売敵でもあり、紀州屋の意向も入っていたはずだという見方もあった。

「熊吉は生きてるのか?」

と、源蔵は訊いた。

「え、死んだんですか?」

「わからねえんだ。熊吉の祟りがあるって話が出るくらいだから、死んだのかと思ってな」

「あたしもここんとこ忙しくて、兄いのところには行けないんですが、二年前までは目黒の行人坂《ぎょうにんざか》で団子屋をしてましたよ」

「目黒は奉行所の支配地のはずだぜ」

「あそこらは線引きが微妙なんですよ。建て前ではちっと外れたところに家があり、そこから行ったり来たりしてるということでした」

「団子屋とはまた、ずいぶん善良な仕事じゃねえか」

「もともと兄いのおやじは芝で団子屋をしていたそうです。でも、団子屋なんか継ぎたくないと、ほっつき歩いているうちあんなふうになり、江戸ところ払いになって、元の鞘《さや》におさまったってわけで」

面白そうに言った。

「だが、団子屋をやるには資金もいるだろうが」

「ええ。それは旦那衆が出してくれたそうです」

「なるほどな」

復讐を恐れて布石を打ったのだろう。

「それに、兄いは、もともと目黒に女がいたんです」


日之助が遅れて〈小鈴〉にもどって来た。

北斎の家の引っ越しを済ませてきたのだ。そのあいだ、客の注文は小鈴と星川とでこなした。下拵《したごしら》えはできていたので、小鈴が料理をつくり、星川が運んだ。

ほとんど荷物はなく、楽な引っ越しだったという。

以前は膨大な書物があり、それを運ぶのは大変だったらしいが、火事で焼けて以来、書物はほとんどなくなった。

荷車一つどころか、人ふたりが背負って運べるくらい。

あとで罔っ引きたちに探られないよう、九段坂の下にいつもいる人足を二人、頼んだという。

ちょうど星川の長屋に空きがあり、そこに二人が移った。

あとは、北斎が江戸を離れる日を待つだけである。

「これで北斎先生に気を使わずに済むぜ」

と、星川がホッとしたように言った。

「気難しいの？」

「気難しいというより、やっぱり変な人だからさ」

「そうなんだ」

小鈴はあまり感じない。むしろ、高名な絵師らしくない親しみ易《やす》さのほうを強く感じる。

「いつも絵筆を持っているのは知ってるだろ？」

「うん。この前も見たしね」

「それで、夜中にも急に起き出して、絵を描きはじめるんだ」

「夜中も？」

「しかも、なにかぶつぶつ言い出すのさ。ああ、おれはもう駄目だ。おれの才能は枯れたとか。昨日は大きな声で、広重死ねとか言ってたよ」

「広重死ねなんて言うんですか？」

「広重ってあれだろ、東海道五十三次の絵師だろ？」

「はい」

東海道五十三次は売れに売れ、売上では北斎の富嶽三十六景をはるかに上回っているらしい。風景画の人気をつくったのも北斎だし、それを描くため、横長の絵にしたのも北斎が嚆矢《こうし》である。北斎としてはやはり面白くないのかもしれない。

「広重はよほど嫌いらしいぜ。あいつより先には死にたくねえなんてことも言ってたな」

「そうですか」

「食うものも凄いよ」

「食べるもの？」

「小鈴ちゃんからもらった柚子の蜂蜜漬けを毎日薄めて飲んでるけど、薬喰いが凄いのさ」

「そうなんだ」

「芝の金杉橋近くにももんじ屋（猪、鹿などの肉を売る店）があって、一昨日は猪肉や臓物を買いに行かされた。買ってきたやつを七輪で焼いたり煮たりして食うのさ」

「食べるとおいしいって聞いたけど」

「匂いに慣れたらな。でも、あの臓物を煮る匂いにはまいるよ。まだ、家に沁《し》み込んでいる気がするんだ」

と、星川が疲れた顔で笑った。


源蔵は目黒に来ていた。麻布から目黒はそう遠くない。ただ、長雨で道が悪く、足元の悪いのが難儀だった。

目黒まで足を延ばすことは滅多にないが、いざ来てみると、いいところなのである。白金通りをやって来て、高台の端から目黒の村を見下ろすと、いかにも鄙《ひな》びた景色が広がっていた。

行人坂の途中、大円寺の門前と聞いていた。

なるほど、「熊吉だんご」と旗も出ている。

縁台に座り、みたらしと、あんこをからめた団子を一串ずつ頼んだ。なかなかうまい団子である。甘すぎず、団子の歯ごたえもいい。

中を見ると、熊吉らしき男はいない。女将《おかみ》が若い者二人とともに切り盛りしているらしい。

若い者は、熊吉の倅かもしれない。

団子を持ってきた女将に、

「ここは昔、麻布にいた熊吉がやってる店だろ」

と、訊いた。

「はい。熊吉は、去年、死にましたが」

「やっぱり死んだのかい？」

では、麻布で起きていることは本当に幽霊のしわざなのか。

「中風でぽっくりとね」

女将はさばさばした調子で言った。

「ずいぶん店を大きくしたんだな」

縁台は十ほど置かれている。ほかに店先でも売っていて、参拝客だけではなく、近所の者も買いに来ているようすである。

「まあね。ああいうやつでしたが、働き者だったんでね」

「倅かい？」

と、奥で働いている二人を指差して訊いた。

「いいえ、倅はいませんよ」

「たいした繁盛だ」

「でも、店を畳もうかと思ってるんですよ」

「なんでだい？」

「ここ、坂道でしょ」

おかしなことを言った。

「坂道がまずいのかい？」

〈小鈴〉だって坂道にある。だが、傾斜はこっちのほうがきつい。荷車の上り下りは大変だろう。

「坂道でずうっと暮らしていると、なんか世の中すべてがひん曲がっているような、おかしな気持ちになってくるんですよ」

「ここで育ったんじゃねえのか？」

「違いますよ。ここは熊吉が店をやるのにいいとこだと、買ったんですよ。あたしはもっと下の、真っ平らのところで生まれ育ったんですから」

と、自慢げに言った。

女房は四十くらい。前歯が一本抜けているが、まだまだ次の亭主を引っかけようというくらいの勢いでしなをつくってみせた。

「熊吉は、旦那衆を恨んでたかい？」

「いいえ、恨んでなんかいませんでしたよ」

嘘を言っている気配はない。

五

「源蔵親分は？」

と、二人の男が連れ立って〈小鈴〉にやって来た。

二人に見覚えがあるので訊《たず》ねると、坂下の豆甚ときつね煎餅のあるじたちだった。

のれんは出したが、まだ客は一人もいない。降りそうで降らない天気だった。こういう日はだいたい客の入りが悪いか、出足が遅い。

「まだ来てませんが、どうかなさったんですか？」

と、小鈴は思わず訊いた。

二人とも真っ青な顔をしている。

「出たんだよ」

「え？」

「熊吉の幽霊が」

「熊吉さん？」

小鈴の知らない人である。

「以前、ここらにいたごろつきなんだが、たぶん死んだはずなんだ。詳しくはいま、源蔵親分に調べてもらっているんだけどね」

「ほんとにその熊吉さんでした？」

「ああ、さっき二人でこの坂下の道を歩いているとき、すれ違ったんだがね。頬かむりの下で、にたりと笑いやがったのさ」

豆甚のあるじがそう言って、肩をすくめた。

「ほんとによく似ていたよ。熊吉ってやつは、荒ごとなども厭《いと》わないくせに、端整でやさしげな顔をしていたんだ。まさにその顔さ」

きつね煎餅のあるじが言った。

「じゃあ、幽霊ではなく、本物の熊吉さんだったんじゃないですか？」

「違う。熊吉はあんなに若くねえ。しかも、足がなかったよ」

と、豆甚のあるじが言った。

「足がない？」

「だから、あれは幽霊だったんだよ」

「どのあたりです？」

ちらりと中の星川と日之助を見た。二人ともにやにやしている。幽霊のわけがないよと、顔が語っている。

小鈴は外に出た。

「行きましょう」

と、先に立って、坂を下りはじめた。

「若い娘なのに凄いね」

後ろで褒めるというより呆れたような声がした。

自分ではとくに度胸があるとは思わないが、よく「胆《きも》が太い」などと言われる。そんなことはない。怖いものはたくさんあるし、しょっちゅう背筋がぞっとするような思いを味わっている。

でも、この話はなにか嘘臭い。二人は嘘をついていないだろうから、すれ違った幽霊のほうに嘘がある。

「このあたりですれ違ったんだよ」

ちょうど家の明かりが途切れ、真っ暗なあたりだった。

「すれ違った男は提灯《ちょうちん》を持ってましたか？」

「提灯なんざ持っていない」

と、豆甚のあるじは首を横に振った。

「では、足がないなんて、どうしてわかったんです？」

「振り向いたとき、上半身ははっきり見えたが、下半身は何も見えなかったんだよ」

「へえ」

小鈴はちょっと考え、それから自分の提灯を消した。

豆甚のあるじから黒い羽織を借り、腰から下に巻きつけるようにした。

白っぽい上の着物は見えるが、足のほうは見えない。

それで闇にまぎれ込んだ。

「どうです？」

振り返って訊いた。

「まさに、そんな感じだったよ」

「まいったな。あたしたちは若い娘よりも胆っ玉が小さいんだ」

この謎解きに納得したらしい。

「では、あたしは上にもどります」

「あたしらはどうしようか？」

「また、明日、源蔵親分を探してみるよ」

二人は酒を飲む気になれないらしく、源蔵を待たずにそこで別れた。

「どうした、小鈴ちゃん？」

もどって来た小鈴に、星川が訊いた。小鈴が坂道の下まで下りると、星川が心配してこっちまで来ていたのはわかった。心配ないと判断したらしく、途中でもどって来たらしい。

「ええ。幽霊だって言ってたけど……」

と、小鈴はさっきの謎解きを語った。

「ああ、そりゃあ間違いねえ」

星川がうなずき、

「あいかわらず冴《さ》えてるね」

日之助が微笑《ほほえ》んだ。

「でも、熊吉って人にそっくりだったみたいです」

「子どもがいるんじゃねえのか」

「あるいは弟とかね」

そんな推測を星川や日之助としていると、源蔵がやって来た。その件でいろいろ調べてきたという。

小鈴はさっきの話をした。

「幽霊だって？」

「そっくりだったそうですよ」

「そりゃ娘だよ」

源蔵は目黒で仕入れてきた話をした。

熊吉には娘がいた。

しかも、紀州屋の妾《めかけ》になっているらしい。

「妾に頼まれ、紀州屋が復讐をしているの？」

と、小鈴が訊いた。

「いや、復讐じゃねえ。熊吉は四人を恨んでなんかいなかった。団子屋の資金までもらって、むしろ感謝していたくらいだったそうだ」

「なんか狙ってるんだな、その妾は」

星川が顎《あご》のあたりをこすりながら言った。

「そうでしょうね」

源蔵はうなずいた。

「それで紀州屋は、その妾の願いをかなえるため、四人が描かれた絵を引っ張り出してきたんだ。象八が死んでいることを利用して、てめえは石を落とされたなどと嘘を言い、豆甚ときつね煎餅のあるじを脅しているわけか」

「なんのために？」

と、小鈴が訊いた。

本当の狙いはまだ言い出していない。だから、豆甚もきつね煎餅もそのことを知らないでいる。

「なんだろうな」

星川は首をかしげた。

六

翌朝——。

日之助は早々と家を出て、北斎の本所の長屋のようすを見に行った。

借金取りを装っている。北斎からほんとに金を借りている男の名を聞いてあるので、ぼろも出ないはずである。

北斎の家の前に、岡っ引きと手下がいて、大家を呼びつけたところらしかった。

「いつ、いなくなったんだよ？」

背中に十手を差したほうが訊いた。

「それがよくわからないんですよ。荷車なんかも来てなかったもので」

「荷車がねえだと？　どうやって運んだんだ？」

「がっちりした男が二人、家に入るところを見た者がいるので、その二人が荷物を背負って行ったんじゃないでしょうか」

「そんなんで引っ越しになるのかよ」

「北斎先生のところは、荷物はほとんどなかったですよ。布団と絵の道具くらいでしょう。飯はすべて出前ですませていたから、鍋釜もなかったですし」

「そうなのか」

「だから、のべつ引っ越しができるんですよ。あの先生は、もう七、八十回も引っ越ししたらしいですよ」

「なんでそんなに引っ越ししなくちゃならねえんだ？」

「たぶん借金取りから逃げるためでしょうね」

と、大家は重々しい表情をして言った。

「そんなに借金があるのか」

岡っ引きが呆れた声を出したとき、後ろから日之助が前に出て、

「あっしはその借金取りですがね」

と、声をかけた。

「北斎先生、また逃げたんですか。弱ったなあ。今月中には間違いなく返すと言ってたのに」

「どこから来てるんだ？」

「あっしは尾張《おわり》町の山崎屋という両替屋で取り立てをしている者ですがね」

「尾張町から来たのか」

岡っ引きは呆れたような声で言った。

すると、大家がわきから、

「ここらの金貸しは北斎先生には貸しませんよ。どうせ引っ越しされて、次の居場所を探すのに苦労するのはわかり切ってますからね」

と、口をはさんだ。

引っ越し癖といい、借金といい、北斎はまさにこういう日のための準備をしてきたのではないか。

「そのくせあの先生は、高い画料の話を無下に断わったりもする。まったく、わけのわからねえ爺《じい》さんでしたよ」

大家はさらに言った。

「まったく、しょうがねえな」

岡っ引きはじろりと日之助を睨んだ。

「なんか、あっしのせいみてえに言われるのはちっと」

と、日之助はむくれてみせ、

「それで、北斎先生はどこへ行ったんだよ？」

「さあね。お栄さんは浅草あたりへ行くと言ってたらしいけど、ほんとかどうかはわからないね」

大家はまるでつるんでいるみたいな、すっとぼけた口調で言った。

小鈴は、豆甚ときつね煎餅で買い物をした。

どちらもお栄の好物なのだ。北斎は麻布に来ると、このどちらかを土産に買っていたという。

長屋まで届けようと思ったとき、ふと足が止まった。

豆甚ときつね煎餅は、同じ通りにある。しかも、あいだに一軒あるだけなのだ。この一軒というのは、間口二間（およそ四メートル）分ほどの店で、いまは空き家になっていて、なんの店も入っていない。

ここは商売をするには最高の家である。通り全体に活気があるのだ。

――なぜ、空いているのだろう？

と、小鈴は思った。たしか、だいぶ前からここは空いていたような気がする。

縁起が悪い店というのはある。あるいは商売に向かない土地もある。だが、ここはどっちでもないだろう。やれば絶対に流行る場所である。

小鈴も自分の店がわけありではなく、儲《もう》けだけを考えるなら、坂道を下りて、ここに店を構える気がする。

――もしかしたら……。

思いついたことがあり、源蔵に会うため坂下町の番屋に顔を出した。聞き込みをしているとき以外は、日中はここにいることが多い。

「おう、小鈴ちゃん。どうした？」

「じつはね……」

と、空き家について不思議に思ったことを話した。

「なるほど。それはすぐにわかるぜ。ちっと待っててみな」

源蔵は出て行って、四半刻（およそ三十分）もしないうちにもどって来た。

「小鈴ちゃん。あの家の権利はけっこう複雑なんだよ」

「そうなんですか」

「変なふうに曲がった土地の上にあの建物が建ってるんだけど、持ち主は、豆甚ときつね煎餅の二人なんだ」

「そうだったのか」

「どちらも相手の間口がいっきに増えるので、譲りたくないんだ」

「ははあ」

「しかも、匂いが移ったりするので、食べもの屋はやらせたくない。しょうがないので、勿体《もったい》ないがそのまま空き家にしていたそうだ」

「それでわかりました」

と、小鈴は深くうなずいた。

「紀州屋は、熊吉の娘である妾に、あそこで飲み屋をやりたいとか言われていたのね。でも、豆甚ときつね煎餅は、ぜったいに店なんかやらせないのはわかっているよね。それで、出てきた四人の絵から、熊吉の祟りというのを思いついたんじゃないの？」

「紀州屋が、さあこれから要求を突きつけるぞという前に、豆甚ときつね煎餅がおれのところに相談に来てしまった。熊吉の祟りで脅かし、それから娘の願いを持ち出すつもりだったんだろうがな」

「そうでしょうね」

と、小鈴はうなずいた。

「おれたちがどうこうできることかね？」

と、源蔵は苦笑した。

質屋は病死だった。紀州屋の石の話も嘘。

殺しの気配はすべて消えたのである。

残ったのは、脅しとも言えないような、祟りを持ち出して空き家を使わせてもらおうという程度の企《たくら》みだった。

「どうしようか。二人を助けるほどの義理はねえんだ」

と、源蔵は小鈴に言った。

「それに、あの通りで、あそこに空き家を置いておくというのは、繁盛している店のわがままですよね」

「そうだよ。この先も余計なもめごとの元になったりするのさ」

「源蔵さん。どうします?」

小鈴は興味津々で訊いた。源蔵親分の裁きはいかに?

「小鈴ちゃん。この手のことはあんまり十手筋は口をはさまねえほうがいい。ま、しばらくは様子見だ」

「さすが、苦労人の源蔵親分」

と、小鈴は言った。

紀州屋が〈小鈴〉に来たのは、それから三日ほど経《た》った晩だった。すでにべろんべろんに酔っ払っていた。

「源蔵親分はいますか？」

呂律のまわらない口調で言った。

「よう、紀州屋」

「親分、先日はありがとうございました」

「まだ、いろいろと調べてるぜ。意外に大きな話になっていくかもしれないな」

「大きな話に？」

「おう、ここらを揺るがす大変な話だ」

「そんなことはありません。あれはもう解決したので、もう調べるのはやめにしてもらえませんか？」

「だが、おれは豆甚ときつね煎餅から聞いた話だからな。あんたに言われてやめるわけにはいかねえよ」

源蔵はしらばくれて言った。

すると、紀州屋はふいに形相《ぎょうそう》を変えた。まなじりが吊《つ》り上がって、怒りの表情になっている。

「おい、紀州屋。どうした？　なんだか、危ねえな」

源蔵は周囲に注意をうながすような顔をした。

「あの、糞《くそ》あま」

と、大きな声で怒鳴った。

皆、びっくりして紀州屋を見た。

「人をこけにしやがって。こっちが本気で惚れたのをいいことに、あの店が欲しいの、豆甚ときつね煎餅に負けない店にするのと言いやがって。そしたら、よそにいい店を見つけた、そっちでやるなどとぬかしやがった」

持っていたとっくりを下の土間に叩きつけた。

「舐《な》めんなよ、あま！　もどって来ても、もう絶対に面倒なんか見ないぞ」

どうやら紀州屋は捨てられたらしい。

「下がれ、下がれ。紀州屋は怒り上戸らしいぜ」

源蔵が苦笑しながら、客をかばうように紀州屋の前に立った。

だが、ふいに紀州屋の調子が変わった。

「おれを捨てると、祟るぞ」

遠い目をして言った。逃げていく熊吉の娘の姿が見えているのかもしれない。

「お、祟るのかい。でも、おめえ、まだ、生きてるだろうよ」

源蔵がからかった。

「生きながら、祟る。だいたいが、うちの家系は化けて出やすいのだ」

「怖いな、おい」

「おれを振った女で、そのあと幸せになった女はただの一人もいない。いいか、ただの一人もだぞ。皆、不幸のどん底まで転がり落ちた」

今度は自慢げに言った。

「ずいぶん振られたみてえだな」

また源蔵が言った。

「そのうちの三人は苦界《くがい》に身を落としたぞ。出家したのも一人いる。新堀川に嵌まって溺《おぼ》れたのだって一人いる。だから、不幸になりたくなかったら、もどって来い。おれは許す」

「お釈迦さまが失恋したみたいに、寛大な御心だなあ、紀州屋は」

源蔵は笑いながら言った。

店の客も皆、笑っている。

小鈴はなんだか紀州屋がかわいそうになってきた。

「お寅《とら》……」

熊吉の娘は、寅だったらしい。

「おれは寂しいよ……」

いつの間にか紀州屋の目から涙がこぼれている。

怒り上戸ではなく、泣き上戸だったのかもしれない。

「おい、紀州屋。おれだって、まんざらおめえの気持ちがわからねえでもねえ。だから、そういう話は一本松のあたりで語れ。な、そのほうが、さっぱりするから」

「親分、聞いてくれるのかい」

「聞くよ、聞くよ。しゃあねえなあ」

源蔵は紀州屋の肩を抱えながら、いっしょに店の外に出て行った。

第四章　二階泥棒

一

店の中の縁台や柱などを乾拭《からぶ》きしながら、小鈴は、

――このごろ町内でもめごとが多くなったのでは……。

と、思った。なんだかそこらじゅうで、怒鳴り声がしているのだ。

人が怒ったときの甲高い声が苦手である。父も母も怒らないわけではなかったが、声を張り上げたりすることはなかった。

梅雨に入って、雨が多いせいもあるのかもしれない。毎日、大気が汗をかいているように、じとじとして気持ちが悪い。身体も心もさっぱりしない。

昼間は、坂の途中にある二階建ての家で、凄い親子喧嘩があった。

道端に立ち止まり、なにごとかと耳を傾けていると、近所のおかみさんが近づい

てきて、

「親子なんだよ。ふだんからたいして仲はよくないんだけどね。酒飲んでは喧嘩してるよ。でも、昼間からこんなになるのはめずらしいね」

と、言った。

「ここ、たしか駕籠屋さんの家でしたよね」

「そう。親子駕籠とか旗つけて走ってるだろ」

店でも話題になったことがある。いつも恐ろしいほどの速さで走り、客が「急いでくれ」と言わないと、機嫌が悪くなるのだそうだ。

「この馬鹿息子が」

「なんだよ、ぼけ親父《おやじ》」

「ぶっ殺されてえのか」

「やれるものならやってみろ」

とまで言い合いは激しくなってきた。胸倉あたりを摑《つか》み合っている気配も感じられる。

「穏やかじゃないですね」

小鈴は近所のおかみさんの顔を見た。

「駄目、あたしには止められないよ。二人とも、こんな猪みたいな身体してるんだから」

「番屋の番太郎さんを呼んでこようか?」

「駄目だよ。今度の番太郎はやっと歩いているような人で、子どもの喧嘩も止められないよ」

それは源蔵もこぼしていた。いまは、臨時雇いで、このあいだまで煙草屋の店番をしていた年寄りに来てもらっているらしい。町役人がぼんやりしているから、気の利いたのは皆、隣町に持っていかれると。

「でも、これはちょっとひどすぎるよ」

喧嘩は一階の戸口のそばでしているらしい。

小鈴はさほど面識のある人たちでもなかったが、戸を開けて、

「ねえ、ねえ」

と、声をかけた。

「ん?」

こっちを見た二つの顔は、そっくりだった。二人とも髭《ひげ》だらけで、それもまた恐ろしげである。

「誰、あんた？」

若いほうが訊いた。

「通りがかりの者ですけど、あんまり大きな声で喧嘩してるから、心配になったんですよ。ほら、ご近所の人たちも心配して出てきてますよ」

と、後ろのおかみさんを指差した。

「ん、ああ」

若い娘に仲裁されて、だいぶ落ち着いたらしい。

「わかった。大丈夫」

父親のほうがそう言った。

「駄目ですよ、カッとなっちゃ」

「うん、うん」

若いほうがうなずきながら戸を閉めた。

だが、声を低め、まだ言い合いはつづいているらしい。

さっき聞こえたのは、

「おめえじゃなかったら、誰が盗《と》るんだ？　二階に上がるやつなんかいねえんだ」

「おれは盗ってはいねえ。どこかに忘れてきたんだろうよ」

といった言い合いだった。どうやら、何かものがなくなったのが、喧嘩のきっかけだったらしい。

「泥棒でも入ったんでしょうかね」

小鈴がそう言うと、近所のおかみさんは、

「ここは入れないよ。留守のときはちゃんと錠前をかけているんだから」

と、二階を眺めた。

表通りからちょっと入っただけのところである。妙なことをしていればすぐに目につくだろう。たしかに、空き巣狙いは入りにくそうだった……。

そんな昼間のできごとを思い出しながら、

――イライラや怒りを鎮める食べものはないだろうか。

と、小鈴は考えた。それで酒の肴《さかな》をつくればいいかもしれない。雨がつづく時季にぴったりの肴。

そういえば、医者だった父が「ネギには鎮静作用がある」なんて言っていた気がする。ネギを食べさせよう。ちょっと時季外れだが、一本松の向こう側でつくっている農家がある。

それと、ミョウガを食べると物忘れをするとも言われる。嫌なことを忘れられたらイライラや怒りも鎮まるだろうから、ミョウガもいいかもしれない。

今日からさっそく、品書きに加えることにした。


「ねえ、ちあきちゃん。ごめん」

ちあきがむくれて、それをお九がなだめている。ちあきはお九の湯屋で働いているが、仕事のことで何かあったらしい。

「別にお九さんに怒っているわけじゃないよ」

ちあきはそう言いながらも、ぷんとそっぽを向いた。

「ねえ、ねえ、お二人さん」

と、小鈴が割って入った。

「イライラや怒りがおさまる肴をつくったんだけど、食べてみてくれない？」

「いいけど」

ちあきがうなずいた。

小鈴は今日のお勧めとして用意しておいた肴を二つならべた。

マグロのぶつ切りと、ネギを交互に串に刺して焼いたもの。タレを塗り、とうがらしを軽くかけた。

それと、ミョウガを薄く千切りにし、おかかと混ぜて酢醤油《すじょうゆ》をかけたもの。

ちあきが二つを何度か交互に口に入れた。

「どう？」

小鈴は訊いた。

「うん、効いたみたい」

と、ちあきは微笑んだ。本来、さっぱりした性格で、ぐちぐち根に持ったりはしない。

「そんな早く効いたらいいんだけどね」

「でも、おいしかったよ。おいしいものを食べたら、いつまでも怒る気にはならないからね」

「そうだよね。それだ」

飲み屋の基本だろう。おいしい肴で機嫌よく飲んでもらう。イライラや怒りは自然に消えてしまう。

「ところで、湯屋でなにがあったの?」

小鈴はあらためて訊いた。

「二階に置いといた水晶の数珠《じゅず》がなくなったというので、祖母《ばあ》ちゃんがうちで働いてる人たちの持ち物を調べたのよ」

お九はそう言って、顔をしかめた。祖母ちゃんというのは、お九と交互に番台に座る人で、八十を過ぎたそうだが、かなりしっかりしている。

「お客に怪しい人はいなかったの?」

「出入り口が裏にあって、お客さんが入って来られないほうだからね」

「でも、働いている人の持ち物からは見つからなかったんでしょ」

「うん」

「高価なもの?」

「けっこういいもので、売れば四、五両くらいになるものらしいんだけど」

「調べたくなるのはわかるけどさ。あたしらとしては、嬉しくないよね」

と、ちあきが言った。

「そうだよね。皆、祖母ちゃんがそこらに忘れてるんだと思ってるだろうね」

「そうに決まってるよ」

「でも、あの祖母ちゃん、根性は悪いけど、忘れものとかはしたことないんだよなあ」

お九が首をかしげた。

「じゃあ、お九さん、外から泥棒が入ったんじゃないの？」

と、小鈴が言った。

「あの部屋は、どんなに身軽な泥棒でも無理」

「ああ、そうだよね」

たしかわきは路地で、隣は平屋だし、平屋の屋根に登っても、湯屋の二階には届かない。

「でも、昼間はやっぱり、坂の途中の家で二階からものがなくなったと騒いでいたよ」

と、小鈴は言った。こんな近所で、同じように二階からものがなくなったのだ。

おかしな話ではないか。

「あら、そうなの？」

「変でしょ」

「じゃあ、やっぱり泥棒？」

お九が恐々《こわごわ》訊くと、

「ね、もしかして紅蜘蛛《べにくも》小僧が現われたんじゃないの？」

と、ちあきが嬉しそうに言った。

二

離れたところにいた星川勢七郎と源蔵に、

「大変。紅蜘蛛小僧が出たかもしれない」

と、お九が声をかけた。

星川と源蔵は、店が混んでくると、調理場のほうの隅に木箱を置いて座っている。

そこから首を出すようにして、

「なんで、紅蜘蛛なんだよ？」

源蔵が訊いた。

「とても入れそうもない二階からものが消えたの」

と、お九が二軒で起きたことを話すと、

「ふうむ。そうじゃねえとは言い切れねえわな」

と、星川が言った。

星川がのんき気な顔で店にいるのは十日ぶりくらいである。お栄がやって来たので、北斎の面倒を見ることから解放された。

北斎も口ではお栄をぼろくそに言うくせに、お栄に面倒を見てもらえば、痒《かゆ》いところに手が届いたような顔をしているらしい。

「そういえば、このところ、紅蜘蛛小僧はなりを潜めてますね」

源蔵も思い出したように言った。

「ああ。もともと切羽詰まって盗みを働いていたわけじゃねえんだろうな」

「金は盗みませんからね」

「おいらは、死んだ岡っ引きの清八との約束があるんだよなあ」

あのあと、いろんなことがあって、清八との約束はうっちゃったままになってい る。だが、忘れたわけではない。紅蜘蛛小僧に縄をかけたいという清八の願いは、かなえてやりたい。

「紅蜘蛛ってのは、どういう野郎なんだろうな」

と、星川はつぶやいた。

「どういう野郎っていいますと？」

「貧乏人に金を恵んだりはしねえんだろ」

「ええ。いわゆる義賊じゃありませんね」

「ま、義賊なんてえのは、おいらははなから信じちゃいねえけどな」

義賊などは嘘っ八である。盗んだ金をばらまくやつもいないことはないが、それは目立ちたいのと、自分のやましさをごまかしたいだけだろう。奉行所からしたら、ただの泥棒に変わりはなかった。

ただし、紅蜘蛛小僧は若い娘に人気があった。それは、赤い紐を使うなど、変に洒落っ気が感じられるからだろう。

顔を見た女がいて、それがひどくいい男だったらしい。「市川染五郎《いちかわそめごろう》に似ていた」とも言った。

美男の怪盗。若い娘たちあたりは、ほとんど芝居を観ているような気持ちになるのだろう。

「あんたの瓦版では、紅蜘蛛のことは書いてたかい?」

星川が源蔵に訊いた。

「もちろんですよ。だいいち、紅蜘蛛小僧と名づけたのもあっしなんですから」

「そうなの?」

それは初耳である。だが、源蔵は自分を飾るようなホラは吹かない。

「その瓦版、読ませてもらえねえかな」

「ああ、もちろんです。帰りにうちへ寄ってください。ごっそりお貸ししますから」

星川は、本気で調べてみるつもりだった。

「紅蜘蛛小僧」

という名前が出たとき、日之助はちょうどマグロの切り身に包丁を入れているところだった。驚いたあまり、切り身が生きているみたいに跳ねた。

動揺を気づかれなかったかと、そっと周囲を見る。誰もこっちは見ていない。

ひさしぶりに聞いた名前だった。もう一年以上、紅蜘蛛小僧にはなっていない。

――このまま紅蜘蛛小僧になることはないのでは……。

とすら思っていた。

だいたいが、紅蜘蛛小僧は世間で噂されたように、義賊などではない。貧しい人にほどこしたことなど一度もないのだ。

瓦版などで書き立てられたように、痛快な気分になったこともない。なにかやむにやまれぬ気持ちが、自分を危険な盗みへと駆り立てただけである。

――しかも、源蔵さんの命名だったとは……。

それはまったく知らなかった。

紅蜘蛛小僧の名前で、客たちが盛り上がり、ここのところしょっちゅう来ている釣《つ》り竿屋《ざおや》が、

「そういえば、おれ、腰のところに赤い紐をぶら下げた男を見かけたぜ」

などと言い出したのには内心、呆れてしまった。

「いい男だった？」

と、お九が訊いた。

「目が輝くみたいな感じで、すっきりしていて」

「ほんとに染五郎みたいじゃないの」

お九が嬉しそうに言った。

これではぜったいに捕まることはできない。正体を知ったら、江戸の婦女子はさぞかし落胆するだろう。

騒ぎに便乗して、適当なことを言い出す男というのはかならずいるのだ。

三

翌日――。

小鈴が店を開ける準備を始めたころ、

「小鈴ちゃん。やっぱり泥棒だな」

源蔵がそう言いながら入って来た。

「そうでしょう」

このところ、近所で騒ぎ声がしたところを源蔵が一軒ずつ当たってきたのだ。

「この十日で、八軒だよ」

「そんなに」

どうりで、方々から怒る声がしていたはずである。

「みんな、二階でものがなくなっている。入られた形跡がないから、泥棒だとは思ってなかったんだな」

「だから、あんなふうに内輪《うちわ》揉《も》めが始まったんでしょうね」

「罪つくりな泥棒だぜ」

「家の中が険悪になりますからね」

「それで別れちまった夫婦もあるよ」

「ほんとですか」

「女房のへそくりが消えて、旦那は当然、知らないと言ったから、いままでの不満が噴き出したんだろうな。実家に帰ったまま、もどらないそうだぜ」

「そりゃあ、また」

もっとも、仲のよかった夫婦がそれだけで別れるとは思えない。すでに一触即発の状態だったのだろう。

「それはそうと、小鈴ちゃん、ここは大丈夫だっただろうな？」

と、源蔵は二階を指差した。

「え？」

「考えたら、ここだって危ないぜ」

「ほんとだ」

急に気になってきた。

もしかしたら、もう盗られているのか。

着物なんか商売道具というのもあって、この一年で七枚ほどになった。一、二枚盗られても、すぐには気づかない。

「待って。いま、見てくるから」

と、二階に上がった。

じっと部屋を眺める。荒らされたような形跡はない。

窓は通りに面し、手すりは高く、頑丈である。ほんとにここから入って来られるのだろうか。

衣紋《えもん》掛けの着物を数える。六枚。着ている分もあるからちゃんと揃《そろ》っている。帯も大丈夫だった。

——ん？

押入れの襖に変な痕がある。

恐々、襖を開けてみる。まさか泥棒が潜んでいたりはしないだろう。

前日の売上は箱に入れ、月に一度、儲けを四等分した小鈴の分は、巾着に入れて押入れの下段の奥に置いてある。その巾着が、ほんのすこし、前に動いた気がする。

中身を確かめる。三両と二分入っている。中身は減っていない。

「ねえ、みかん。変なやつが来た？」

部屋をうろうろしている飼い猫のみかんに訊いた。

「にゃっ」

ひと鳴きしてそっぽを向いた。

もう忘れてしまったのだろう。年寄りのみかんはただでさえ忘れっぽい。

小鈴はもう一度、押入れを眺め、

――盗られてはいないが、物色されたかもしれない。

と、思った。

お九やちあきは紅蜘蛛小僧を疑っていたが、小鈴は違うと思う。もちろん紐を使えば二階のこの部屋にも入り込める。だが、紅蜘蛛小僧はここらあたりで小さな悪事を積み重ねたりはしない。

「どうだった？」

階下に下りた小鈴に、源蔵が訊いた。

日之助が来ていて、買ってきたあさりを桶《おけ》の塩水に入れ、砂を吐かせていた。

「うん。盗られてはいないけど、入られたかも」

「ほんとか」

「でも、変だよね。窓に梯子《はしご》をかけて入ったのかなあ。そんな泥棒、すぐに捕まっちゃうよね」

「紐の痕はあったかい？」

「紅蜘蛛小僧がやったってこと？　それはないと思う」

「紅蜘蛛小僧の手口を真似した贋者《にせもの》ってのもあるぜ」

「贋者かあ」

それにしても、大きな家や屋敷ならともかく、こんなちっぽけな二階建ての家に、みしみし言わせて紐をよじ登ってくるだろうか？　なんか、違う気がする。

「梯子売りを装った泥棒ってのは？」

と、小鈴は言った。

「梯子売りなんか見かけたかい？」

「近ごろ見てないですね」

「梯子をかけた痕を見てみるか」

源蔵はそう言って外に出た。

軒下にしゃがみ込み、地面を見ている。

「あ、そこに」

と、小鈴が指を差した。なにかの痕。梯子の痕にも見える。

「丸いかたちをしているな」

「うん。なんだろうね」

　これが盗みの証拠だと、決めつけるわけにはいかない。

「ちっと、ほかの八軒も見てくるか」

　源蔵はそう言って出て行ったが、一刻《いっとき》（およそ二時間）ほどで一回りしてもどって来た。

「どうだった、源蔵さん？」

「ああ。このところの雨で消えているところも多かったが、二軒の家にこれと同じような跡があったよ」

「二軒だけじゃわからないですね」

「いや、二軒あれば充分だよ。この野郎はなにか梯子みたいなものを使って、二階のものをすばやくかっぱらってるのさ」

「梯子みたいなもの……」

　小鈴は思いつかないので、日之助をちらりと見た。

　日之助はこの件にはまったく興味がないらしく、一生懸命、包丁を研いでいるところだった。

四

星川勢七郎はまだ長屋にいて、源蔵が紅蜘蛛小僧についてかつて書いた瓦版を読んでいた。

源蔵は書きっぷりがうまいとつくづく思う。読ませ、笑わせる。これだけ文才がある男を、岡っ引きになんてさせたのは勿体なかった気がするほどである。

この話にも笑った。

……札差《ふださし》の吾妻屋《あづまや》は、紅蜘蛛小僧が忍び込んだとき、ちょうど若い女を家に連れ込んでいたところだった。ぎしぎしとかすかに変な音がするのはわかっていたが、騒げば別の部屋で寝ている女房に若い女がいることがばれてしまう。

吾妻屋は、吉原から身請けした元花魁《おいらん》の女房に頭が上がらないため、気にしないでいることにした。

「世の中、気にしないのがいちばんなのさ。したいことをする。嫌なことは気にしない。あたしはそれでここまでやって来たんだからな。ふっふっふ」

階下の厠に下りたときは、窓の外に赤い紐が垂れているのも見えた。吾妻屋は疲れていたこともあって、これは女の腰紐だと思った。

それで、部屋にもどると、寝ていた女を起こし、

「窓から腰紐なんか垂らしちゃ駄目だ」

と、叱《しか》った。

「腰紐？」

「そう。お前は尻もだらしないが、着物の着方までだらしないのか」

「なに馬鹿なこと言ってんの？」

女が自分の紐を見せたので、慌てて窓に寄って下を見ると、愛用していた金の枕を、紅蜘蛛小僧が持って逃げるところ。

「あ、あたしの金の枕。あれで寝ると、黄金色の夢を見られるのに」

騒ぐに騒げない吾妻屋は、歯ぎしりしながら見送るしかなかった……。

まるっきりの嘘話とは思えないが、こんな話を誰から聞いたのだろう。ひどい間抜けおやじみたいに書かれた吾妻屋は、さぞかし悔しかったに違いない。

そこへ北斎が来た。

長い杖に身体を預け、わずか数間をやっとここまで来たというふうである。

「大丈夫ですか？」

「ああ、これくらいどうってことねえよ」

「どうってことない？」

この事態をたいしたこととは思っていないというのは、無神経というより、やはり人並み外れた強靭《きょうじん》さと言っていいだろう。

「それより、なに読んでるんだい？」

と、北斎は訊いた。

「ちっと、泥棒のことで調べてましてね」

「そりゃあ隠居したのにご苦労なこったな」

「いえね、なかなか面白いもんですよ。北斎先生も泥棒のつづき物を描いたら売れるんじゃねえですか？」

「元同心がそういうことを言うかね」

「そりゃそうですね」

「だいいち、おれは富士の絵を描いても睨まれてるんだ。これで泥棒礼賛みたいな絵を描いたら、たちまちお縄だぜ」

「そうかもしれませんな。惜しいなあ、この紅蜘蛛小僧ってのは面白い泥棒でしてね」

と、ここらで起きている二階の盗みについて話した。

「二階の部屋の中のものをすばやくかっぱらうわけか」

「おそらく陽が落ちたばかりで、窓は開け放したままのころを見計らってやるんでしょうね」

「長い足と、長い手の持ち主ならやれるな」

「え?」

「そりゃあ、おれの絵を参考にしたのかもしれないぜ」

と、北斎は笑った。

日之助は駕籠屋の親子の家の前に来た。

ふつうに見れば、ここは泥棒が入りにくい家である。路地の中とはいえ、通りに近いし、そこを行き来する人の数も多い。

だから、昼間は無理だろう。

当然、暗くなった夜を狙う。明るいときは人けも多いが、ここらは夜になると静かである。明かりも乏しい。通りから見ても、路地の中は真っ暗である。

——わたしだったら……。

二階を見上げながら思った。

この家に直接、紐をかけたりはしない。安普請《やすぶしん》の家で、鉤《かぎ》が外れることもあれば、みしみしと物凄い音を立てながら、家中がきしんだりするだろう。

梯子をかければかんたんだが、あんなものを持ち歩くのはおかしいし、逃げるときもやっかいである。

——竹馬みたいなやつを使うか。

竹馬というのは、子どものものはせいぜい地面より三尺（およそ九十センチ）分ほど高くなるだけだが、稽古をすればかなり高いものに乗れる。

物陰でそれに乗り、すばやくここに近づき、さっと二階に上がる。

それで、やれそうな気がした。

三日前の晩だが、小鈴は増上寺の前でやっていた花垂孝蔵の芝居を観た。お九もいっしょだった。

あの世で夫婦になろうと、心中した若い男女だったが、あの世でもいっしょになれず、また娑婆《しゃば》にもどり、なんとかやり直そうというのが大きな筋立てである。心中を茶化したような芝居だが、男女の機微だとか、恋の移ろいやすさなどもちゃんと描かれていた。

しかも、男女のやりとりがまるで万歳《まんざい》みたいに笑えるのだ。

花垂孝蔵が、その感想を聞きに来た。小鈴が昼ごはんをすませ、階下に下りてきたばかりのときである。

「入って」

「うん。でも、昼間はなんか入りにくいな」

夜、飲みに来ればいいが、懐具合もあってそうしょっちゅうは店に来られない。しかも、酒はそれほど強くない。

小鈴は外に出て、玄台寺の山門の階段のところに腰かけて話をした。

「面白かったよ」

「小鈴ちゃんにそう言ってもらえると嬉しいよ」

「女がイライラするときの気持ちも、すごくよく出てたよ」

「そうかね」

「ずいぶん女をイライラさせてきたのかな」

「どうかな。女には振られてばっかりだよ」

情けなさそうな顔になった。自分はもてると思っている男より、ずっとかわいい。

「よくいろんな話を思いつくもんだね」

「じつは、ネタ本があるのさ」

と、懐から二冊の本を出した。『柳多留《やなぎだる》』と『北斎漫画』だった。

「へえ、これから取ってるの？」

「取るったって、話そのものが載ってるわけじゃねえ。ここに書かれた一つの場面を想像し、それから話をふくらませていくんだ。おれの経験や見聞きしたことからつくろうと思っても、一人の人生経験なんざたかが知れてるだろ。こういう本にはいろんな人生の場面が載っているからね」

「へえ、そうなんだ。じつはね、この前話したお客さん、ほんとに北斎さんなんだよ」

「やっぱりそうか」

　花垂孝蔵の顔が輝いた。

「ごめんね。しらばくれて」

「いいよ。だって、常連なんだろ？」

「母がやってたころからね。だから、居心地よくしてあげたいの」

「わかるよ。おれも、さりげなく北斎さんを眺めさせてもらうよ」

　そう言って、花垂は『北斎漫画』をなにげなくめくった。

「あれ、それ？」

　と、小鈴は一枚の絵に目を留めた。

　ひどく足の長い男と、手の長い男が描かれている。

「ああ、これか。足長国と手長国の絵だよ。北斎さんはこれを川柳にもしていたはずだぜ。足長の三里手長が据へてやり。そんなやつだったよ」

「足長と手長……」

「どうした？」

「うん。もしかしたら、手と足を長くしたのかなって思ったの」

「どういうこと？」

「泥棒は、竹馬と竹の棒みたいなやつを使ったのかなって」

小鈴は怪訝そうにしている花垂に、ここらに出没した泥棒の話をした。

花垂孝蔵は芝居で忙しく、家にはほとんどもどっていなかったらしい。泥棒の話もまったく知らなかった。

「なるほど。竹馬の泥棒か」

「それなら持ち運びも楽でしょ」

「たしかに軽いことは軽いね」

「でも、竹馬なんて、ほんのすこし背が高くなるくらいかな」

「いや、うまいやつは、屋根の高さくらいあるのに乗ったりしてたよ」

「そうだよね。あたしも見たことある。でも、乗るときはどうするんだろう？」

「二階から乗ったりしてたけど、でも、そんなのは竹に段々をつけておけば、それで上まで行けるはずだぜ」

「ほんとだ」

「手のほうの竹は節を抜いて、たとえば紐を通し、先を輪にして出しておくんだ。それで輪のところを狙ったものに引っかけ、こっちで紐を引けばちょうど縛ったみたいになるだろ？」

「ほんと。竹馬に乗ったままでも、壁に寄りかかるようにすれば手も使えるしね」

「紐を巻きつけ、動かないようにしたものを引きもどせば、部屋の中に入らなくても狙ったものは盗れるぜ」

「縁日の遊びにそんなのがあっても面白そうだね」

「ほんとだな」

「凄い、花垂さん。謎を解いたよ」

「でも、おれはやっちゃいないぜ」

おどけた口調で言った。

「わかってるよ、そんなこと」

竹の棒だと、小鈴の部屋の襖の痕もたぶん一致する。巾着を持ち上げようとしたが、失敗した。もしかしたら、猫のみかんが飛びついたりしたのかもしれない。

五

「竹馬か。それはありだね」

と、お九は感心した。

小鈴が源蔵にその推察を話すと、すぐにそれでここらを当たってみると出て行った。誰か竹馬を持っているやつがいたかを訊いてまわるのだろう。まだもどっていないので、聞き込みをつづけているのだ。

「それと、その泥棒なんだけどさ、もしかしてここの常連客だと思わない？」

と、お九は声を潜めるようにして言った。ご隠居がこっちをいぶかしむような目で見た。

「そう思った？」

「だって、八軒の家のうち、三軒はここで話題になった家じゃないのさ」

そうなのだ。ご隠居さんの隣の、留守がちな若夫婦の家。坂下の左官職人の家。まもなく開店するらしい飴屋《あめや》。どれも夫婦喧嘩だの、病気をしただのといったことで、店で話題にしたばかりだった。

「お九さんもここの常連だしね」

「え？　それって、あたしが怪しいってこと？」

お九はなにを思ったのか、急に頓珍漢《とんちんかん》なことを言った。

「違うよ。お九さんとこも入れたら八軒のうち四軒は話に出たとこでしょ。それってどこも、ものがなくなると、内部の人が疑われそうな家なんだよね。一人暮らしとかは狙ってないんだよ。すぐ、泥棒だってわかるから」

「そうそう。知っていたんだよね」

「じつは、源蔵さんもそれを疑ってるよ。ここの客か、お九さんの湯屋の常連も臭いって」

「あたしの湯じゃないね。たぶん宮下町の湯屋のほうだと思うよ」

「あ、そうだね」

源蔵はおそらくそっちも当たっているはずである。

「でも、ここの客で、竹馬なんか持っていた人がいた？」

と、お九が周囲を見回しながら訊いた。

「それが誰も思い当たらないんだよ」

「だいたいが、子どもの遊びだよね。大人があんなの持っているのを見たら、目立つよ、ぜったいに」

源蔵がもどって来た。

「どうだった、源蔵さん？」

「ああ。どこでも竹馬を持ってた男なんか見たことないってさ」

「じゃあ、違うのかなあ」

「いや、単に持っているだけだったら、誰も気になんか留めねえのさ。たぶん隙をうかがって、あっという間にやっちまうんだ。もしかしたら、竹馬も槍《やり》かなんかに似せて、目立たないよう持ち歩いているのかもな」

「槍にねえ」

小鈴はそっちのほうが目立つ気がした。

「おいら、あんたの書いた瓦版から、紅蜘蛛小僧のことを思い浮かべてみたんだけどさ」

と、星川は隣に座った源蔵に言った。今日は客の席にまだゆとりがあり、調理場の隅には行かないでいい。

「でも、星川さん。今度のは紐なんか使っちゃいねえ。紅蜘蛛小僧とは関係ありませんよ」

「うん。それはいいんだ。おいらは清八との約束を果たしたいだけだからさ」

「なるほどね」

「それで、ていねいに瓦版を何度も読んだよ。すると、あの記事から見えてきたものがあるのさ」

「ほう」

「紅蜘蛛小僧が狙ったのは、札差、両替商、金貸し、それといくつかの大店だ。おいらはなんだか、まるで金に恨みがあるように思えたのさ。といって、金を盗むのではない。見栄の品を盗む。あざ笑うかのようにな」

「たしかに」

と、源蔵はうなずいた。

「もしかしたら、内部の者のしわざなんじゃねえのか」

「自らを憎む者のしわざですね。ああ、そういうのってあるかもしれませんね」

「札差なんか、株仲間があるせいで数は知れてるよな」

「そうですね」

「そのうち、まだ襲われていねえ札差を当たるのさ。紅蜘蛛小僧もまさかてめえの店は狙わねえだろう」

「そりゃそうです」

「それで、そこからさらに、いままで襲われた両替商や大店と付き合いのある店を探すのさ」

「そりゃあ、いいや」

「おいらはその先に、紅蜘蛛小僧の正体が見えてくる気がするぜ」

「奉行所に教えるんでしょう?」

「教えたらおいらの出番はなくなるだろうが」

「では?」

「ああ。おいらが追いかけるさ」

「手伝いますよ」

「そういえば、日之さんの家も札差だったよな」

「ほんとだ」

日之助は天ぷらと刺身の盛り合わせ五人前という注文に、無駄話のゆとりはない。汗を拭きながら天ぷらと刺身をつくっている。

もちろん星川は、日之助が紅蜘蛛小僧だなんて、疑ってもみない。

「だが、紅蜘蛛小僧はいい男なんだよな」

日之助はいっしょにいるといい男だが、ちょっと見にいい男だとは誰も思わないだろう。

「惜しかったですね」

と、源蔵は笑った。

六

「日之さんに言われたときは、ずいぶん変なものをつくらせるなと思ったけど、これはいいね」

小さな荷車のようなものにやすりを当てながら、若い大工の昌吉《しょうきち》が言った。

「そうだろう」

と、日之助は荷車を撫でながら嬉しそうにした。

「駕籠よりも流行るかもしれねえよ」

「わたしもそう思ってるのさ」

そうなったら、商売にしようかという気持ちまで湧いている。

ここは、深川の木場に近い冬木町である。

日之助はかつて深川に別荘をつくったとき知り合ったこの大工に、いっぷう変わった荷車を特別に注文していた。今日が約束の期日で、いままでにないものを頼んだのだから、もしかしたらまだできていないかという不安もあった。だが、昌吉はちゃんと注文の品を完成させていた。

ふつうの荷車よりもずいぶん小さい。並べると、荷車の赤ん坊と言えるくらいである。これに足が利かない北斎を乗せ、お栄が引っ張って逃げる。

江戸から安房までは船に乗せるつもりだが、向こうに着いてからも弟子の家までは二里（およそ八キロメートル）ほどあるらしい。江戸と違って、そうそう駕籠や馬を捕まえることは難しいだろうから、こんな乗り物が必要だった。

人手があれば、ふつうの荷車でもかまわない。だが、引くのはお栄だけである。

日之助が考えたのは、まず荷車そのものを小さく、軽くすることだった。

しかも、北斎は身体が大きいだけあって目方も重い。これをお栄一人で引くのは容易ではない。

北斎のほうも、荷車に乗りつつ、自分でも力を出してもらわなければならない。

なにせ利かないのは左足だけで、ほかはまったく大丈夫なのだ。

ただし、昌吉にこれに乗るのは葛飾北斎だなどとは伝えていない。足を怪我したけれど、仕事の都合で旅をしなければならなくなった者というふうに伝えてある。

「それで、怪我人はここにこう座るんだ」

と、昌吉は座ってみせた。

後ろ向きで、引くほうとは背中合わせの恰好になる。

「後ろ向きに乗せたほうがいいのかい？」

日之助は訊いた。

「そうなんだよ」

「なんだかそれで動くと怖いような気がするけどな」

「最初だけだと思うよ。後ろ向きのほうが引くほうもずっと楽になるんだ。なぜなら、これだと乗ってるほうも足で蹴《け》るようにできるだろ。前向きだと足で引っ張るみたいになって、うまく力が出せないのさ」

「どおれ」

日之助が替わりに座って、自分でやってみた。

蹴ってみる。かなり力を入れて蹴ることができる。

次に前向きになって引くようにする。たしかにうまく力が入らない。

「ほんとだな」

と、納得した。

「それと車輪を大きくして、手で回すというのも考えたんだ」

昌吉は言った。

「なるほど」

「でも、やっぱりそれは危ないよ。回る車輪を触ったりするうち、きっと手を怪我することになる」

「そうだよな。小石もついてくるし、棘《とげ》も刺さるだろうし」

「巻き込まれたりした日にゃ、指の骨が砕けちまう」

「旅どころではなくなるわな」

「それで、舟の要領で漕《こ》いでもらうことにした。竿で押し出すようにするのさ」

昌吉は、座ったままの日之助に、短めの竹竿を渡した。

「さあ、これで足で蹴りながら、竿のほうでも押し出すようにしてみてくれ」

「よし」

言われるままにやってみる。

昌吉が荷車を持ち上げ、引きはじめた。

日之助は片足で蹴りながら、竿を押し出す。かなりの力が加わっていくのが、自分でも感じ取れる。

「なるほど。こりゃあいい」

「だろ。こっちもずいぶん楽に引いてるよ」

「うまくできたもんだ」

日之助は感心した。

お栄は北斎に似た身体つきで、力もありそうなのだが、それにしたって女一人で男一人を引いて行くのは大変である。だが、これならばお栄も楽に北斎を引っ張って歩けるだろう。

「ほんとは、骨格のところは鉄の棒でつくったほうがいいのだがな」

と、昌吉は言った。

「鉄の棒ねえ。鉄にしたら重くなるだろう」

「頑丈になるぜ」

「そりゃあそうだろうが」

それだと昌吉のところではできず、完成までまだまだ時間がかかる。

「ずっと使うならそうしたほうがいい」

「いや、ずっとなんか使わない。向こうに着いて、しばらくするうちには怪我も治ってしまうはずだ」

と、日之助は言った。

「それならこれでもいいか」

「軽いほうがいいんだ。竹を使うと、もっと軽くならないかな」

「竹を！」

「軽くなるだろ」

「たしかにな。いくつか取り替えてみようか。竹はあるぜ」

「うん。やってみてくれよ」

日之助が頼むと、裏から細めの竹を持ってきて、のこぎりで切りはじめた。

怪我している足を載せる横の棒。腰を掛けるところは平たい板にしてあるが、それより後ろは、竹を二つに割ったものに替えた。あとは手すりも竹にしてみる。

重さそのものはそう違わないかもしれないが、見た目には竹のほうがずっと軽そうである。じっさい使うとなると、見た目がもたらす気持ち次第で、疲労の度合いも違ってくるだろう。

切り落とされた竹を手にし、日之助はぼんやり昌吉の仕事を眺めていた。

——ん？

ほとんど無意識のうちに、二つの竹筒をすっぽり嵌めるようにつないでいたが、これで竹馬もできるのではないかと思った。

だとすれば、ばらばらにして持ち歩くことができる。当然、目立たない。これはまるで、釣りの継ぎ竿みたいではないか。

——あいつか。

日之助は顔をしかめた。


「継ぎ竿の要領で、竹馬や手の替わりになる棒がつくれますよ」

とは、日之助の指摘だった。

釣り竿屋が〈小鈴〉に客で来ていたのだ。ぺらぺらと軽い調子でよくしゃべる男だった。十日ほど前に初めて来て、それから五日ほど立てつづけに来た。この三、四日は顔を見ていない。

自作の継ぎ竿を、釣り場で並べて売る。それの入った箱をいつも持っていた。常連のご隠居が、へら鮒《ぶな》用の継ぎ竿を買っていた。使い勝手は悪くないと言っていたらしい。

「ほんとだ。できるな」

源蔵はうなずいた。

「まだ、いますかね」

釣り竿屋は、一ノ橋のあたりで釣り客相手に商売をしていた。

「うん、ここらからは引き上げたかもしれねえな」

このあたりに行商に来るのは、たいがい日本橋や神田周辺からである。だとしたら定町回りの佐野に伝えて、向こうでお縄にしてもらうしかない。

「あるいは新堀川をさかのぼったあたりに行ったか」

と、日之助が言った。

「それはいい線だよ」

「釣り人は一ノ橋あたりより、四ノ橋や狸橋《たぬきばし》あたりのほうが多いですから」

数で呼ぶのは四ノ橋までで、その上流にかかるのが狸橋である。

「どおれ、見てくるか」

源蔵はさっそく飛び出した。

新堀川沿いにゆっくり歩いて来ると、四ノ橋あたりにあの釣り竿屋がいた。

「おい、おめえに訊きてえことがあるんだがな」

「なんです？」

「ここらで起きた二階家を狙う泥棒のことなんだよ」

「それがあっしとなんの関わりが？」

釣り竿屋はしぶとい男で、最後までしらを切り、

「あれは紅蜘蛛小僧のしわざだ。あっしは見ましたぜ。赤い紐を持った、市川染五郎似のいい男を」

などと言った。

だが、箱の中から組み立て式の竹馬や水晶の数珠が出てきたところで観念したのだった。


戸田吟斎は雨の音を聞いていた。

こんな霧雨では音などしないという者もいるだろう。だが、雨の音はしている。それはほかの音を吸い取って、奇妙な静寂をつくり、しかもさらさらと鳴るはずの葉ずれの音も消し、人の足音も変えている。それが、しとしとと降る霧雨の音なのである。

足音は庭先から回ってきた鳥居耀蔵のものだった。鳥居の足音には、かすかな苛《いら》立《だ》ちがあった。

「北斎が引っ越してしまって、行方がわからなくなった」

と、鳥居は言った。

いま、甥《おい》の八幡《やはた》信三郎《しんさぶろう》に引っ越し先を探させている。だが、なかなか見つからないらしい。

「ほう。逃げたのでしょうね。もしかしたら、すでに江戸にはいないかもしれませんよ」

「なにか勘づいたのだろうか」

「あの手の連中は勘がいいからそうかもしれませんよ」

「ううむ。このまま、江戸にはもどって来ないつもりかな」

下手な藩に逃げ込まれると、捕縛はやっかいになる。だいいち、探すのにひどく手間のかかることになる。いまの鳥居の地位では、とてもできることではない。

「ほとぼりが冷めるまで、もどって来ないつもりかもしれませんね」

と、吟斎は言った。

たしかにほとぼりが冷めるということはあるのだ。自分がお上の視点に立ってみると、そういうことはしばしばあるのだ。

よからぬ気運が盛り上がったとき、見せしめとして一部を叩く。気運はいっきに衰える。だが、それ以上やると、今度は反発が強くなる。だから、それ以上はやめておく。つまり、ほとぼりは冷めたことになる。

北斎という男は、そうした為政者側の機微まで見通しているというのか。

「あの爺い、歳のわりに足が達者だからな。大方、富士の見えるあたりで絵を描いているのだろう。その富士の絵を描いているときにでも捕縛できたらいいのだがな」

と、鳥居は言った。

「富士？　さて、どうでしょうか」

「違うか？」

「ああいう偏屈な人は、想像したような行動は取らないものです。意外に富士には背を向けて、筑波山《つくばさん》なんかを描いているかもしれませんよ」

吟斎は、もう自分は一生見ることができない景色をまぶたの裏に思い浮かべていた。

第五章　雨の季節の女

一

「また、来ちゃいました」

のれんを分けて入ってきた女は、小鈴に向けて微笑んだ。

「ああ、いらっしゃい」

店の中に花が咲いたみたいになった。花は紫陽花《あじさい》。雨が似合う青い花。すっきりして、さわやかで、それでいてしっとりしている。

女の小鈴の目から見ても、ほんとにきれいな人だと思う。歳のころなら、三十半ばくらいか。漂う色香が、若い女とは桁違《けたちが》い。それでいて、嫌らしくはない。

魚屋の定八《さだはち》などは、顔中からよだれが垂れたみたいな、だらしない顔で女を見つめた。女房のふくがいっしょでなくてよかった。あんな顔を見たら、大喧嘩になっていただろう。

常連のご隠居までもが、明日から若返りを神さまに祈るような顔をしている。

星川を見ると、小鈴と目を合わせ、にやりとした。おいらの顔を見るだろうと思ったぜ、という笑いだった。あいにくだな、小鈴ちゃん。おいらはまだ、おこうさんのことを忘れられねえのさ……と。

数日前にも来た。

そのときは、けっこう遅くなってからで、常連の客もほとんどいなかった。

「初めてですよね」

と、声をかけると、

「前に一度、来たことがあるの。おこうさんていう素敵な女将さんがいたわ」

思わぬ返事がもどって来た。

「母です。あたしは娘の小鈴と言います」

「あら、そう、引退しちゃったの？」

「それが亡くなってしまったんです」

「まあ。ごめんなさいね」

「いいえ」

小鈴は首を横に振った。母もこんなきれいな客は嬉しかっただろう。

「楽しかったわよ、あの夜は」

そのときは、おこうとお洒落の話に花が咲いたという。

一人でお銚子《ちょうし》を二本空け、

「また来るわ」

と帰って行ったが、こんなに早く来てくれるとは思わなかった。

「この前、お名前をお聞きしませんでした」

小鈴はお銚子を縁台の端に置いてからそう言った。

「あら、そう。あたしね、鉄《てつ》って言うの。鉄瓶の鉄。丈夫そうな名前でしょ」

「ほんとですね。でも、あまり見た目とぴったりの名前より、深みが感じられますよ」

「ほんとに深みがあればいいんだけど」

話も如才がない。

しかも、変に隠しだてもしない。

「あのう、お鉄さんは、なにをなさっているので？」

と、魚屋の定八がさっそく名前で呼んだ。しっかり聞き耳を立てていたらしい。

鉄漿《おはぐろ》をしていないので、新造ではない。いわゆる素人《しろうと》でもない。といって、色気を売りものにするようなどぎつさはない。

「訳あって、殿方に面倒を見ていただいてるの」

すこし恥かしそうにはしたが、さらりと言った。

妾ということだろう。

「こんなきれいな人の面倒を見るのだから、よほどの大店のあるじなんでしょうね」

定八がそう言うと、近くにいたご隠居と、甚太と治作がうんうんとうなずいた。

「うちのは商人じゃないんですよ。職人です」

「へえ。職人だったら、その世界の左甚五郎《ひだりじんごろう》みたいな人なんでしょうな」

「でも、お一人で飲みに来たりして、怒られないんですか？」

と、治作が訊いた。

「そりゃあ、そおっと出てきますもの」

大きなお世話と怒りそうな問いかけにも、さらっと答えている。

「そうだよな。わからなかったら、怒りもしないもんな」

「でも、そろそろ別れ話が出るかも」

ちょっと眉間に皺《しわ》が寄った。冗談ではないのだろう。

「お鉄さんが独り身になって、ここに通って来るようになったら大変だね」

「なんだよ、定八さん。嬉しそうじゃないか」

「わたしも酒量が増えそうだ」

「おいおい、ご隠居さんまでかい」

そこでどっと笑い声が上がった。

男たちが皆、腰かけから一寸ほど宙に浮き上がっている感じである。もう少し意地を張ってくれてもいいのではないか。美人だからなんだっていうのだ。

一人、星川だけが男を上げている。

――これがかわいらしく見えるまで、あと二十年かな。

と、小鈴は思った。

「いらっしゃい」

初めて見る客が来た。

店を見回し、ほかにも席はあったが、お鉄のそばに来た。

身なりはいいが、なんとなく地味な感じの男である。

お鉄はちらっと見たが、気にもしていないようすである。

「小鈴ちゃんも、おこうさんと着物の好みがいっしょね」

お鉄は小鈴の着物のたもとにちょっと触れてからそう言った。

今日は鈴の柄の小紋ではない。薄い緑の井桁《いげた》の小紋である。

「そうですか」

そのことは源蔵からも言われた。

「淡い色の小紋。それと帯や前掛けの色の組み合わせが上手ね」

「ありがとうございます」

色の組み合わせは、自分でもいちばん考えるところである。自分の好みだけでなく、季節感も出したい。

「お鉄さんは雨の季節だから、そんなお洒落を?」

と、小鈴は訊いた。

薄い藍色の絞り。その藍色がまた、いまごろの紫陽花を貼りつけたみたいに鮮やかである。

「違うの。あたしはだいたいこんな感じよ」

そこへ、もう一人、初めての客が来た。歳は四十前後といったところか。かなり強面《こわもて》で、いかつい身体つきをしている。

いちばん入口に近いところに座った。よく北斎が座るところである。

相手をしてくれなくても別に構わないということだろう。

「小鈴ちゃん。あれって茄子《なす》？」

お鉄が、ご隠居の前の小皿を指差した。

「そう。早いでしょ。暖かくして早生《わせ》の茄子をつくる人がいるんです。値段はどうしても高いんですが、初物なので人気があるんですよ」

「あたしもちょうだい」

一本分を切った。鮮やかな藍。遠い昔、夕暮れの青空がこんな色だったかもしれない。

――お鉄さんは、この色が好きなのかな。

と、小鈴は思った。

ところが、小皿を手にすると、お鉄はいきなり少し残っていた湯豆腐の中に茄子の漬物を入れてかき回した。

きれいだった湯豆腐が、茄子の藍色に染まった。

「え？」

小鈴は目を瞠った。

なぜ、そんなことをしたのか訊きたいが、ちょっと訊きにくい。お鉄の表情が硬くなっている。

隣に座った男が驚いた顔でじっと見ている。

お鉄は鍋の中から茄子をつまみ、ゆっくりすべて食べた。

おいしいのか……。そんなわけがない。

やはりこれに気づいた定八も、この意味は訊きにくいらしく、困った顔をしている。

二

のれんを分けて、源蔵が入って来た。濡れた傘を閉じて、傘立てに差した。また雨が降り出したらしい。

入るとすぐ、ちらりと脇を見て、

「よお」

と、言った。さっき入って来た初めての客に向けた言葉である。

「なんだ、源蔵さんじゃねえか」

「喜助《きすけ》親分が坂の上まで来るとは思わなかったぜ」

親分と言ったところからすると、近くの岡っ引きらしい。強面の顔もなるほどと思える。

周囲の視線が親分たちのほうに向いていると、お鉄はすっと立ち上がって、

「じゃあ、小鈴ちゃん」

と、代金を縁台に置いた。今日は三合飲んでいた。かすかに目元が赤い。

「はい」

「また来るわね」

「ぜひ」

と、小鈴は大きくうなずいた。

お鉄は出て行った。

周囲の男たちが一瞬、途方に暮れたような顔になった。

すると、源蔵の知り合いの岡っ引きが来て、

「いま、出て行った女だが、いつも来るのかい？」

と、小声で小鈴に訊いた。

「………」

お客さんのことは言いたくない。

小鈴の気持ちをくみ取ったらしく、源蔵がわきから、

「いいんだぜ、小鈴ちゃん。適当なことを言ったって」

と、助け舟を出してくれた。

「源蔵さん。それはねえよ」

「別に殺しの下手人を追いかけているわけじゃねえんだろ」

「そりゃあそうなんだけど」

「つけてたのかい？」

「ちっとあの女の旦那に頼まれちまってさ」

「まあ」

と、小鈴が思わず声を出した。

「なにを心配しているかはわかるだろ?」

喜助親分は言った。

「わかりますが、お鉄さんはここで男と会おうなんて、しちゃいませんでしたよ。まだ母がやっているころに一度来て、三日ほど前に来て。それで今日が三度目です」

「そうか、わかったよ。じゃあな、源蔵さん」

喜助親分は急いで出て行った。また、お鉄さんのあとを追いかけるのだろう。

「すみません。あたしもお勘定を」

つづいてお鉄の隣にいた男が、すまなそうに言って、立ち上がった。お銚子一本とみょうがの和《あ》え物《もの》を頼んだだけである。

「二十文、いただきます」

「ごちそうさま」

男は、気まずそうな顔で出て行った。

「いまの男、お鉄さんと関係あったのかね？」

と、定八が口火を切った。

「逢《あ》い引きだったんだろう」

治作がそう言うと、

「やっぱり、そうかな」

甚太もうなずいた。

「ということは、浮気？」

小鈴が首をかしげた。

「あいつが相手？」

定八はそれが気に入らないらしい。

「でも、なにも話していなかったけどねえ」

ご隠居も納得いかないらしい。

「話したそうにはしてたけどね」

小鈴が思い出して言った。

「あの顔でお鉄さんと付き合うか。だったら、おいらだって大丈夫だぞ」

定八がそう言った。

「ちょっと歳下でもよかったら、おれも」

治作どころか、

「うんと歳上でもよければわたしも」

ご隠居まで名乗りを上げた。

小鈴は、男たちの意気込みを無視して、

「湯豆腐に茄子を入れて食べたでしょ。あれって、なんだろう?」

と、言った。

「あれには驚いたな」

甚太も見ていたらしい。

「おいらもなんでそんなことするのか訊きたかったけど、訊けなかったよ」

図々《ずうずう》しい定八でも気後れしたのだ。それほど異様なふるまいだった。

「ねえ、甚太さん、喜助親分が来てからだよね」

「あれ、そうだっけ?」

「そうだよ。喜助親分が来たというのを報せたんじゃないの」

「茄子を湯豆腐に入れることが？」

甚太はぴんと来ないらしい。

「喜助親分と茄子ってなにか関わりがあるの？」

と、小鈴は源蔵に訊いた。

「ううん。惚《ぼ》け茄子ってとこかな」

源蔵は真面目な顔で言った。

三

それから三日ほどして——。

お鉄がまた顔を出し、男の客たちを浮かれさせながら、酒二合をおいしそうに飲んで帰って行った。初めてお鉄を見たお九は、「あれが噂のお鉄さんか。男が夢中になるのも当たり前かも」と言った。

そのあとすぐである。疲れたようすで入って来た男が、ちょっとためらったよう

なぞぶりをしたあと、

「いま、ここに藍の着物を着た女が来てただろう？」

と、誰にともなく訊いた。

「ええ」

小鈴だけでなく、お九やご隠居もうなずいた。無視するにはかわいそうなくらい悄然《しょうぜん》としていた。

「誰かと会ってなかったかい？」

「いいえ。お一人で来て、お一人で帰られましたが」

小鈴が答え、

「どちらさまでしょう？」

と、訊き返した。

「あれの亭主だよ」

「ご亭主？」

だが、お鉄は妾をしていると言わなかったか。だとしたら、亭主がありながら、誰かの妾になっているのか。

「そう。あたしは、増上寺の裏手の西久保で紺屋をしている完次郎《かんじろう》という者だが」

「紺屋の完次郎？　もしかして、藍染め完次郎さんですか？」

と、小鈴は訊いた。

「そう呼んでくれる人もいますが」

「まあ」

有名な人である。若い小鈴でもその名を知っている。この人がまだ三十代くらいのころに独特の藍色で一世を風靡《ふうび》した。

その後も、いくつか色調の異なる藍を生み出し、藍や青の美しさで右に出る者はいないと言われている。

そういえば、お鉄の着ていた着物は、いつもきれいな藍染めだった。

「お鉄さんはお妾じゃないんですか？」

「妾？」

「ええ。自分でそんなようなことをおっしゃってましたよ」

「いいえ、れっきとした女房です。ただ、お鉄はそんなつもりなのかもしれない。あれを家に入れるとき、借金をすべて清算してやったのでね。そうか、そういうつもりなのか」

　と、うなだれた。

「でも、お鉄さんは鉄漿をしてませんよね？」

　小鈴は遠慮しつつ訊いた。

「あれは、あたしがしてもらいたくなかったからです。お鉄は歯がきれいなのです。白い歯は、藍染めの着物に映えるんです。黒く染めるのは勿体ないので、あたしがしなくていいと言ったんですよ」

「そうでしたか」

　完次郎はちょっと途方に暮れたように立ちつくしている。お鉄を追いかけてきて疲れたらしいが、ここも居にくいといったようすである。

「よかったら、飲んでいかれては？　このところ、お鉄さんも贔屓にしてくださってます」

　と、小鈴は声をかけた。

「そうしよう」

　完次郎は樽に腰を下ろした。さっきお鉄が座っていた場所である。

冷を茶碗で飲みたいと言うので、その通りにした。

最初の一杯をいっきに飲み干し、大きくため息をつく。

「お鉄さんのこと、ご心配みたいですな?」

声をかけたのはご隠居だった。こういう問いは、歳のいった人がしたほうが生臭さが消えるのかもしれない。

「そうなんです」

と、完次郎は素直にうなずいた。

「きれいな人ですからねえ」

「ありがとうございます」

「べた惚れなんですな」

「こんな惚れちまうとは、自分でも意外でした」

「うふふ。男は惚れたら負けだからね」

と、ご隠居は慰めるように言った。

「余計なお世話かもしれませんが……」

小鈴がわきから言った。

「どうぞ」

「お鉄さん、好きな男がいるとか、そういうようすは感じられませんでしたよ」

「そうだといいんですがね」

完次郎は信じられないらしい。

「あたしもいい？」

お九が口をはさんできた。

「はい」

「自分に気がなくなると、男ができたんじゃないかって疑《うたぐ》るんでしょ。女の気持ちの中には、まるで男しかいないみたいに」

お九はすこし意地悪そうに言った。

「どういうことだね？」

と、完次郎は訊いた。

「男はいなくても、なにかほかに心を囚《とら》われているものはあるかもしれないね」

お九がそう言うと、

「あ、ほんとだ。それはあるかもね」

小鈴も賛成した。

「ほかに心を囚われた？」

「そう。なにか、思い当たることはありませんか？　お鉄さんがひどく熱中していること」

小鈴の問いに完次郎は、

「うーん」

と、考え込んだ。

「男だったら博打《ばくち》かな」

定八がわきから言った。

「博打なんかに興味があるなんて聞いたこともないね」

「碁将棋も？」

「触ったことすらないと思う」

と、完次郎は首を横に振った。

「完次郎さんは、宗旨はなんです？」

ご隠居が訊いた。

「あたしは法華です。熱心な信者のつもりです」

「ほほう。それかもしれませんよ」

「それってなんですか？」

「別の宗旨に共感したというのは考えられませんか。例えば、真宗とか、禅宗のほうとか。わたしなんか、歳がいってから、親鸞《しんらん》の教えに魅《ひ》かれるようになりましたよ。うちは曹洞宗《そうとうしゅう》なんですがね」

　ご隠居がそう言うと、

「なるほど」

「それは面白いですね」

「神信心は、嵌まると大変よ」

「ほかのことは見えなくなっちゃうらしいですよ」

　と、お九と小鈴が交互に賛同した。

　だが、完次郎はこれにも首をかしげた。

「いや、あれの家も法華だったはずですし、ほかの教えに熱心になっているようなところも見当たらないね。お稲荷さんにも手を合わすし、氏神さまも拝むし」

「あ、それじゃあ違うかな」

と、ご隠居も納得した。

「食いものってのはどうです?」

と、定八が訊いた。

「食いもの?」

「お鉄さんはここで湯豆腐に茄子の漬物を入れて食べたりしたんですよ」

「ああ、それは尾行を頼んだ喜助親分から聞いたよ。たぶん、男につけられていることを教えたのだろうって言ってました」

小鈴もそう思っていた。異様な行ないで、注意を促したのだろうと。

「それに限らず、旦那が精進料理しか食べないので、ここで好きなものを食べるとか、あるいは食いものの迷信にとりつかれているとか?」

「いや、思い当たることはないね。あたしは好き嫌いなくなんでも食うし、あれもそう。ときどき薬喰いだってするくらいだし、あたしも咎めたりはしません」

完次郎はきっぱりとそう言った。

「うーん、難しいなあ」

「なかなか思い当たるものはないわね」

客も皆、頭を抱えた。

「やっぱり、男なんです。男がいるんですよ」

と、藍染め完次郎は、怒った調子で言った。

四

完次郎は冷酒をかなりの速さで飲んでいる。酒は強いらしく、ほとんど顔には出ない。

「惚れすぎちまったんだ、あたしは」

などとつぶやいたりもする。

――それだけじゃないような……。

と、小鈴は思った。

この人の、お鉄への思いに、どこか無理があるのではないか。

もしかしたら、お鉄は単に完次郎から逃げたいだけなのかもしれない。

「占ってあげましょうか？」

と、小鈴が完次郎に言うと、お九たちは「あ、あれね」という顔をした。ひさしぶりにやる気がする。

「なにを占うんだい？　あたしとお鉄の行く末かね？」

完次郎は訊いた。興味はあるらしい。

「そんな難しいことは、あたしには占えません。完次郎さんの心の傷がわかるんです。人は自分の心の傷を自覚するだけでも、気持ちは楽になり、生き方まで変わってきます。もしかしたら、完次郎さんの心の傷が、お鉄さんとのあいだの邪魔になっているかもしれませんよ」

「それがわかるのかい？」

「たぶん」

完次郎の場合は、とくに感じる。それがわかれば、お鉄とのこともよくなる気がする。

「怖いね」

「怖いというものではありません。でも、無理には勧めません」

「皆に聞かれるんだろ？」

完次郎は、お九やご隠居たちを見た。自分の心の傷を他人に知られるのは、たしかに嫌なことである。

「完次郎さんが口にしない限り、あたしたちにはわからないんです。完次郎さんだけが気づくことなんです」

「へえ、どうやるんだい？」

と、身を乗り出すようにした。

「最初に言葉を一つ言います。それは、どんな言葉でもいいんです。そこから思い出す言葉を言ってってください」

「なんでもいいの？」

「ええ」

「この、とっくりとかでも？」

と、完次郎はとっくりを持ち上げた。

「かまいませんよ。それで、思い出す言葉をどんどんたどっていきます。すると、かならず自分がいちばん言いたくない言葉や場面にたどり着きます」

「ほう」

「これが自分の心の傷なんだと気がつきます。それをあたしたちには言わなくてもかまいません」

「そりゃあ、いい。やっぱり、とっくりは嫌だな。しまいに酒に溺れそうだ」

冗談を言った。

「なんでもどうぞ」

「藍染めでもいいかい？」

「もちろんです。では、藍染めという言葉で思い出すのは？」

「お鉄だね」

完次郎がそう言うと、お九たちはうんざりした顔をした。

「次に、お鉄さんでなにか思い出してください」

「川べりかな」

川べりで口説いたことでもあったのだろうか。

「次は？」

「秋風だ。とんぼもいる。秋茜《あきあかね》だ」

「そのまま、つづけてください」

「田舎道だよ。人影が二つだ。あたしは泣いているよ。涙だ。滂沱《ぼうだ》の涙だよ。やだねえ、もうわかってきたよ」

「わかってきましたか」

「ああ。でも、いま気づいたわけじゃない。昔からこんなことはわかっていた。でも、このことがお鉄とも関わっていたのかね」

「そのはずですよ。心の傷はいろんなところに影響します」

「まだ、つづけるのかい？」

「つづけられます？」

「裏切りだね」

「裏切り？」

「ああ、怖いね」

完次郎はいっきに酒をあおり、

「母なんだよ」

と、低い声で言った。

「いいんですよ、言わなくても」

「いや、かまわねえ。男と逃げたんだよ。あたしを置いてね。夕焼けのときだったんだな。それはいま思い出したよ。あたしが茜色を嫌いなのはそのためかな」

「そうかもしれません」

「裏切られるのがなによりも怖いんだよ。もう、女に裏切らないでもらいたいよ」

どんどん沈鬱な気持ちになっていきそうである。それはよくない。

小鈴は話を変えた。

「お鉄さんは、完次郎さんと知り合ったとき、なにをなさっていたんですか?」

「あれは呉服屋で仕立ての仕事をしていたんだよ。そこにあたしも反物を卸していて、見初めてしまったというわけさ」

「呉服屋さんにいたんですか」

小鈴はなにか腑《ふ》に落ちたような気がした。

完次郎はまもなく、

「今日はもう、一人になりたくなってきた」

と、立ち上がり、一ノ橋あたりで駕籠を拾うと言って出て行った。

小鈴は完次郎を見送ったあと、中にもどって来て、

「あたし、わかった」

と、言った。

「なにが？」

お九が訊いた。

「お鉄さんは、ほかの色が着たいんだよ」

「そうか。着物か」

「もう着るつもりなんだよ。このあいだ、お鉄さんの隣に座ったのはたぶん前に働いていた呉服屋の手代だったんじゃないかな。着物を買う相談で、ここでひそかに会うことにしていたのが、やっぱり後をつけられてしまったんだね」

「藍染め屋さんは嫌なんだろうね」

と、ご隠居がうなずいた。完次郎の気持ちもよくわかると言いたげである。

「完次郎さんは駄目だよ」

お九は言った。

「駄目なの？」

と、小鈴が訊いた。

「あまりにもお鉄さんを自分の好みの女でいさせたいから、藍以外の着物を着るのを許さないいんだったら、それは駄目だよ。あたしだって逃げるね」

お九は憤然として言った。

五

早朝――。

梅雨どきの雨が静かに降りつづける中を、西丸留守居役の矢部定謙は深川の菩提《ぼだい》寺《じ》に父の墓参りに来ていた。

山門の周囲を埋め尽くすように植えられた紫陽花が、いま、見ごろになっている。しかも花の青や葉の緑が、雨に濡れて鮮やかだった。

紫陽花は裏手の墓地のほうにもつづいている。愛《め》でながらゆっくりと歩いた。

代々の墓の前に立った。

雨に濡れないよう、線香を灯籠《とうろう》の中に倒し、冷たい大気を流れる香の匂いを好もしく思った。

傘を肩に載せるようにして手を合わせていると、すぐ後ろで傘に当たる雨の音がした。

坊主が花でも持ってきてくれたかと、そのまましばらく祈りを捧《ささ》げ、ゆっくり振り向くと、矢部定謙はそこに信じられない顔を見た。

「嘘だろう……」

細く小さな目は、笑っているため、いっそう垂れていた。もともと痩せてはいなかったが、矢部が大坂で奉行と与力《よりき》として会っていたときより、さらに一回りほどがっちりした体形になっていた。

「ご無沙汰《ぶさた》いたしました」

「大塩……平八郎……生きていたのか」

矢部は目を見開き、かすれた声で言った。

「はい。元気ですよ。むしろ、以前よりも」

「いや、江戸でも大塩は生きているという噂はあったのだ。奉行所ではいまもその噂を追いかけているほどだ」

「そうらしいですな」

「だが、残党が大塩を名乗っているのだろうと、皆、そう思っている。わしもそうだった。まさか、ほんとに生きていたとは……」

「お騒がせいたしました」

「それで、いまはなにを？」

「同志をつのり、江戸で再び蜂起するための準備をしています」

「なんと」

「大坂での轍《てつ》は踏みませぬ。あれはあまりにも正面から行き過ぎました。今度はもっと搦《から》め手から行ったり、幕府の意表をついたりするつもりです。人々に幕府の狭量さを知らしめ、気づかせるため、さまざまな手を打っていくでしょう」

「それができればたいしたものだが」

「矢部さまにもご協力いただけることがあれば」

「考えてみよう」

「わたしの大坂での蜂起についても弁解してくださったと聞いています。そのお礼も言いたくて」

「うむ。いまは一人か？　供はおらぬのか？」

矢部は周囲を見回して訊いた。

あのころよりもっと危機に満ちた日々であるはずなのだ。

「一人です。このところ、動くのもほとんど一人です。去年、わたしといっしょにいたために、江戸の若い仲間が四人、斬られました」

「もしかして、新川で起きたことか？」

「そうです」

「そうか。そこに、そなたがいたのではという話も出ていた。襲ったのは、本丸目付の鳥居耀蔵の手の者だ」

「やはり、そうでしたか」

「亡くなった者たちの身元を調べるのも困難で、結局、怪しい浪人者として処理されてしまったらしい」

「無念です」

そう言って、大塩平八郎はゆっくり天を仰いだ。

いつの間にか雨が上がり、強い陽が大塩の顔を輝かせた。

「大塩、変わったな、そなたは」

と、矢部は言った。あのころの大塩は、正論を述べるのに切羽詰まったところがあった。いまの大塩には奇妙な自信やゆとりのようなものが感じられた。

「そうかもしれませぬ。あの日、大砲の音が鳴り響き、大坂の町を焼く炎の中で、新しい自分が生まれたかもしれませぬ」

と、大塩は笑った。

「ほんとに、大塩だよな」

矢部はじっと大塩を見た。


「小鈴ちゃん」

仕込みをしているとき、店の入口にお鉄が立った。手に傘を持っているが、すでに雨は上がっている。

「あら、お鉄さん」

「頼みがあるんだけど」

「なんです？」

「何日か、かくまってもらうことはできないよね？」

「ここに？」

「そう」

と、お鉄は階段あたりをちらりと見た。二階に小鈴が一人住まいしていることは知っている。

「いいですけど、どうしたんですか？」

「やっぱり、あの人とはやっていけない。家を出たいんだけど、しつこく追いかけられそうでね」

お鉄は疲れた顔で樽に腰をかけた。

「そうですね」

「ここにも来たんでしょ？　聞いたわ。小鈴ちゃんに不思議な占いをしてもらったって」

「ああ、はい」

「自分の心の傷もわかったって」

「ええ」

「でも、どうにもならないんでしょ？」

「そんなことはありません。すぐには無理でしょうが」

「そうなの」

　完次郎が変われば元の鞘におさまることができるのか、お鉄は考えているふうだった。

「お鉄さん、お洒落がしたいんでしょ？　いろんな色が着たいんでしょ？」

「わかった？」

「うん。この前、お鉄さんが茄子の漬物を頼んだとき、隣にいた人は？」

「あたしが昔、働いていた呉服屋の手代よ」

「やっぱり」

「あそこで働くうち、着物をやたらと買い込み過ぎちゃってね。ずいぶん借金を背負ってしまったの」

「それが借金の原因だったの」

「完次郎さんがすべて払ってくれたわ。でも、今度はその着物、完次郎さんがぜんぶ処分した。お前に似合うのは藍だって」

「ああ、そうだったの」

「ひさしぶりに違う色の着物が買いたくて、色や柄を持ってきてもらって相談しようとしたの。でも、後をつけられてたみたいね」

「そうでしたね。でも、完次郎さんには頼んだりもしたんでしょ？」

と、小鈴は訊いた。

「何度かね。でも、話にならない。あたしはあの人の藍を着るために生まれてきた女なんだそうです」

「藍を着るために……」

お鉄は本当に藍色が似合う。完次郎がそう思ってしまうのも不思議はないかもしれない。でも、その頑《かたく》なな思い込みが、お鉄を息苦しく感じさせてきた。

「あたしは赤も着たいし、浅黄色も着こなす自信がある。小鈴ちゃんみたいに、いろんな小紋も試したい」

「そうですよね」

「駄目と言われるとますます着たくなって」

「ええ」

「もともと好きだった藍が、近ごろは嫌いになってきた」

「それは……」

皮肉な話だった。

そして、束縛の強さに、完次郎からも逃げたくなったのだ。

そのとき、入口にもう一人現われた。

「お鉄」

当の完次郎だった。

「もう、追わないで」

お鉄が強い口調で言った。

「捨てないでくれ」

「捨てるんじゃないでしょ。あたしは逃げるの」

「いまさら……それはないだろう」

「いまさら……借金のことはなんとかします」

「そんなものいい。お前は藍染めの小紋を流行らせてくれたことで、借金なんざせんぶ返してくれたようなものさ」

「じゃあ、もう、きれいさっぱり」

「嫌だ。いっしょに死のう。そのつもりで追ってきたんだ」

「え？」

完次郎は、懐から匕首《あいくち》を取り出した。

「完次郎さん。そんなことなさっちゃいけません」

小鈴が声をかけた。

日之助はまだ来ていない。北斎を旅立たせる準備のせいで、いつもより遅れているのだ。

「あたしは、あんたに去られたら生きていることはできないんだ」

完次郎は本気だった。

お鉄に刃《やいば》を向け、転びそうな恰好で迫った。

小鈴は水甕《みずがめ》のわきに手を入れた。すばやく吹き矢を取り出し、完次郎が匕首を持った右手を狙って吹いた。

「あっ」

小さな矢が手首の内側に刺さった。致命傷になどぜったいにならない。だが、鋭い痛みは走っただろう。

小鈴はすばやく第二矢を筒に入れ、

「まだいきますよ」

と、筒先を完次郎に向けた。

「邪魔しないでおくれ」

すがるように小鈴を見た。哀れだった。

そのとき、源蔵が入口に立った。

「どうした、小鈴ちゃん」

店の中の緊迫した雰囲気を感じ取ったらしく、すぐに腰の十手を抜き、中に入って来た。

完次郎は呆然《ぼうぜん》としている。

「匕首を捨てるんだ」

そう言いながら、完次郎の手首を摑んでひねった。匕首は土間に落ちて刺さった。

完次郎は呻《うめ》くような声を上げながら、膝から崩れ落ちた。

まもなく、星川と日之助が連れ立って入って来た。

三人は一通り事情を聞き、

「女の別れを許さねえと言うなら、おめえを牢にぶち込むことにするぜ」

と、源蔵が言った。お鉄を殺そうとしたのだ。それはどうしようもないだろう。

「わかりました。なんとか諦めます」

と、完次郎は号泣した。

小鈴はそっと星川たちを見た。三人とも、完次郎の思い詰める気持ちはよくわかるのだ。

源蔵が匕首を拾って、つらそうに調理場のほうに片づけた。こんなものさえ持ち出さなかったら、まだなんとかなったかもしれない——源蔵はそう思っているかもしれなかった。

その夜——。
客がほとんどいなくなったころ、

「今晩は」

　女の声がして、妙なものが入って来た。

　人が小さな荷車に乗っていた。北斎がお栄に乗せて来てもらったのだ。

「まあ、よく坂道を上って来られましたね?」

「ああ、ゆっくりだけどね。おれも足の力で押しながら、この棒も使って、どうにか上って来られたよ。むしろ、坂道は帰りのほうが怖いかもしれねえな」

　北斎がこう言うと、

「まったく、この爺いときたら、けっこう力があるもんだから」

　と、お栄が苦笑した。

「気をつけてくださいよ」

「明日の朝、発《た》つのでな。小鈴ちゃんに挨拶できないのはまずいと思ってやって来たってわけさ」

「まあ。あたしも明日は見送りに行きますよ」

「そうなのか。ま、いいや。この車の稽古をしたと思えばな」

　北斎は変わった乗り物を喜んでいるみたいだった。

六

「叔父貴」

と、鳥居耀蔵の屋敷に甥の八幡信三郎が飛び込んできた。

お城に出仕するため、着替えている最中だった。

「どうした、信三郎？」

「北斎にしてやられましたぞ」

「なに？」

「引っ越したと言ってましたでしょう？　嘘です」

「嘘？」

「北斎の荷物は、元の長屋にもどっていたのですよ」

「元の長屋だと？」

これには鳥居も目を瞠った。

八幡信三郎は、浮世絵の版元を当たり、北斎の引っ越し先を見つけ出そうとした。

だが、版元でさえ居場所を知らない。

「いくら有名な絵師でも、飯を食いはぐれるだろう?」

と、訊ねると、

「北斎先生はあれでなかなかしたたかですからね。まあ、新しい版元を見つけたか、そのうちひょいと顔を出すかなさるでしょう」

版元もお手上げらしい。

誰に訊いても、北斎はそう遠くにはいかないはずだという。

北斎は妙見大菩薩《みょうけんだいぼさつ》を深く信仰していて、柳島にある法性寺《ほっしょうじ》にしょっちゅう参拝に行く。そのため、あそこから遠くない本所か浅草のあたりを転々としているのだというのだ。

たまに江戸でも離れたところに出没するときは、弟子の家に転がり込んでいるらしい。

このため、八幡も本所界隈で北斎の新しい住まいを探した。

だが、あまりにも見つからない。

「単にめくらましをしただけじゃないかと思ったんです」

と、八幡は鳥居に言った。

「めくらまし？」

「そう。引っ越したふりですよ。もしかしたら、元の長屋にもどったんじゃないかと思いついて、行ってみました。案の定でした」

「なんと……」

北斎の悪知恵にも呆れるが、それに気づいたこの甥っ子も凄い。猟師の勘のようなものを持っているのだ。

「荷物がもどっていて、どうしたのかと訊くと、引っ越し先が気に入らないのでもどって来たんだと。北斎がいたか訊ねると、いなかったそうです」

「いなかった？」

「旅に出たんじゃないかと大家は言ってました。娘のお栄が、それらしいことを言っていたそうです。おふせだかなんだかというところに行くかもしれないと」

「それはおふせではない。信州の小布施のことだろうな」

「なにかあるのですか？」

「そこに高井《たかい》鴻山《こうざん》という豪農で酒蔵のあるじがいる。こいつは、かつて大塩平八郎あたりとも交流があったのだが、自分で絵を描いたりするので北斎を尊敬している。この高井のところに逃げたのかもしれぬ」

「信州ですか」

「松代《まつしろ》藩だ。手は出しにくいな」

罪人でもないのに、他藩に乗り込んで北斎を捕まえるなどということはできない。

「もう、行ったのでしょうか？」

「江戸に住まいがなければ行ったのだろうな」

「麻布は当たりましたか？」

「麻布？」

「坂の上の女がやっている店ですよ。いかにもわけありの飲み屋ですよ」

「まさか」

「見てきます」

そう言って、八幡信三郎は飛び出した。

七

昨日の昼ごろから雨は上がり、いまは強い陽差しが星川勢七郎の住む長屋の前の道を照らしていた。道はしきりに水蒸気を立ち上らせている。そのおかげで、ぬかるみも消えはじめ、荷車を引いたり押したりするにはありがたい天気になりつつあった。

小鈴と日之助が連れ立って一本松坂を下りてくると、路地の出口に立った。長屋の前に集まって、いっしょに浜まで行くはずだった。そこに安房へ渡る船が待っているはずだった。

源蔵だけは定町回りの周回に付き合うため、見送りには来られない。

だが、北斎とお栄はいなかった。

「まだ、長屋か?」

長屋の中は片づけられ、もどるようすもない。かならず持ち歩く筆箱もない。

星川はまだ中にいた。

「星川さん。北斎さんは？」

「いるだろ、そこらに？　おいらたちが見送りに行くのは知ってるはずだぜ」

「いないよ。中にも、外にも」

「え？」

星川にもなにも言わず消えたのか。

「どういうことだ？」

「探しましょう」

路地を出て、両側の道を見た。

右手は一本松坂に向かうほうである。行き違いにはなっていない。

左手の四辻《よつつじ》へ出る。道がいくつもに分かれていく。

「わたしは、一ノ橋のほうへ」

と、日之助が駆けた。

「じゃあ、おいらは十番のほうを見て来る」

星川はまっすぐ進んだ。そっちがいちばん人けは多い。

――どっちに行こう？

小鈴は一瞬、迷った。

左に行けば暗闇坂のほうである。向こうに用があるはずない。

一ノ橋のほうに進んで右手を探そう。

そう思って歩きかけたとき、背筋が凍りついた。

――あの男……。

大塩平八郎を追って来て、星川と斬り合いをしそうになった若い男。たしか名前を八幡信三郎と言った。

その八幡が切羽詰まった形相ですれ違った。小鈴には気づかなかったらしい。

――北斎さんを追っているのだ。

胸が騒ぎ出した。

向こうから日之助がもどって来た。

「日之さん」

「ああ、あいつ、去年、ここに来た男だろう?」

「そうよ」

「わたしはあいつをつける」

「あたしは？」

「北斎さんにも船を待つところを伝えてある」

「方丈河岸《ほうじようがし》ね」

新堀川が海に出るところから、少しわきに入ったところにある河岸である。

「ここらを探していなかったら、小鈴ちゃんもそっちに向かってくれ」

「わかった」

小鈴は一ノ橋のほうに走った。

走りながら、地面についた小さな轍《わだち》に気づいた。

――これって北斎さんが乗った車の跡だ。

跡を追って角を曲がる。半町（およそ五十五メートル）ほど向こう。一瞬、荷車を押す女が見えた気がする。凄い速さだった。お栄は力がある。しかも、そのあとを小走りに横切った男二人もいた。

――あれだ。

北斎が追われているのだ。

小鈴は駆けた。まだ早い時刻なのに人通りが多い。勤め先や仕事場に向かう人たちだろう。近ごろ、この時間に起きることは少ないが、麻布の人たちもこんなに早くから働き出しているのだ。

ぶつかりそうになりながらも、人混みを抜ける。息が切れる。足がもつれる。

川沿いの道に出た。

大名屋敷の塀がつづく道なのに、この刻限だけは人の通りがある。

荷車の轍を探す。え、これも、これも。ここは船からの荷揚げの多いところ。轍だらけの道だった。

——どっちなの？

途方に暮れて一ノ橋のほうへもどる。

捕まったら、北斎はどうなるのか。もしも牢に入れられるようなことになれば、気持ちはともかく身体が耐えられないだろう。

それを思うと胸は張り裂けそうである。

一ノ橋のたもとまで来た。

初老の男が二人、息を切らしながら、悔しそうにしている。

「くそっ。北斎の野郎、どっちに行きやがった」

という声がした。

足を止め、耳を傾ける。

「本所にもどったと思ったが、まだ、ここらにいたんだな」

「まったく、あの爺い、借金のかたに屏風絵《びょうぶえ》を描けと言ったら、それは嫌だとぬかしやがった」

「あんたはいくら貸したんだ？」

「五両だよ」

「五両ならいい。おれは二十両だぞ」

二人は借金取りだった。金のことなら、お上に追われるよりまだましなのである。

小鈴は胸を撫で下ろした。


小鈴が芝の方丈河岸に着いたときは、すでに北斎とお栄、星川が待っていた。

「小鈴ちゃん。北斎さんは借金取りに追われたんだとさ」

と、星川が苦笑いしながら声をかけてきた。

「ええ。一ノ橋のたもとで、逃げられたと言っているのを聞きました。でも、驚きましたよ」

　小鈴がそう言うと、

「すまなかったな」

　北斎は荷車に座ったまま、頭を下げた。

「あいつらに借金を返したら旅費が消えちまうって言うので、慌てて逃げ出したんだよ。まったく、この爺いときたら、方々で金を借りてるから、こんなことになるんじゃないか」

　お栄が北斎を叱りつけるように言った。たぶん、耳には胼胝《たこ》がある。

「でも、星川さん。あたし、八幡信三郎とすれ違ったんですよ」

「なんだと」

　星川の顔が緊張した。

「日之さんがあとをつけていきました」

　そっちも心配である。

「誰だい、八幡ってえのは？」

　と、北斎は小鈴に訊いた。

「去年、大塩平八郎さまを追って店に来た男です」

「大塩さんを……」

「やっぱり北斎さんも追われているんですね」

そんなことは言いたくないが、自覚してもらわなければならない。

「あ、日之さんが来たぜ」

星川が手を上げた。

「北斎さん、無事でしたか？」

日之助は息を切らしながら駆け寄ってきた。ずいぶん駆け回ったらしい。

「借金取りだったたって」

と、小鈴が言った。

「借金取り？　それはよかった」

と、日之助もホッとしたように言った。借金取りがこれほどに喜ばれるのは滅多にないだろう。

「日之さん、八幡信三郎は？」

小鈴が訊いた。

「店を見張るようにしていたので、近づいてこっちからどうしたんだと訊いたよ」

「それで？」

「案外、慌てたような顔をして、葛飾北斎は近ごろ来ていないかと訊いたよ」

「なんと言ったの？」

「まるっきりとぼけるのも不自然だろうから、このひと月は来ていないと」

日之助がそう言うと、星川が、

「それでいいんだ」

と言い、北斎も満足げにうなずいた。

「じゃあ、北斎さん。準備しておいた船があそこに」

日之助が河岸のいちばん端に係留されていた小舟を指差すと、

「あれか」

北斎は大きく顔をしかめた。

下総《しもうさ》や安房から来る百姓の舟が、多数、江戸湾を往復している。

通称、おわい舟と呼ばれる舟である。

江戸の長屋にやって来て、厠からたまった糞尿をくみ取って行く。これが畑の貴重な肥やしになる。それで育った野菜を人はまた食べる。どこか滑稽な繰り返し。百姓は肥やしのお礼に、できた野菜を置いていく。これが長屋の大家たちの大事な副収入になっていた。

日之助は、この戻り舟を捕まえ、北斎とお栄を乗せてもらうことを約束していたらしかった。

「まさか、おわい舟に乗せられるとは思わなかったぜ」

北斎は皮肉めいた口調で言った。

「辛抱してください。これがいちばん調べられることもないし、足もつきにくいんですよ」

と、日之助は詫《わ》びた。

「かまわねえよ。こいつは潮風と混じると意外にいい匂いになるんだ」

そんなはずはない。北斎の、とぼけた冗談なのだ。

百姓も手伝って、荷車を舟に乗せた。北斎も這い上がるようにして乗り込んだ。

「では、北斎さん」

「ああ。世話になったな」

「いつごろもどる予定ですか？」

そんなことはわからないのだ。それでも小鈴は訊かずにいられない。

「一年ほどはようすを見るかな」

「はい」

「そのあと信州の小布施に逃げてもいいしな」

「足が治れば、どこにだって行けますよ」

小鈴は北斎に朝つくった弁当を預けながら言った。この舟では食欲も出ないかもしれない。

「なあ、小鈴ちゃん」

「はい」

「男というのは、逃げることにどうしても抵抗があるんだ。だが、こんなふうに小鈴ちゃんに逃げるのを手伝ってもらうと、救われたような気持ちになるよ」

「ありがとうございます」

舟が岸を離れる。別れ舟。舟がまた、別れによく似合う。

小鈴は涙をこらえた。おそらく、これからこんな別れをいくつも味わうのだ。手を振った。

安房の地がうっすらと見えている。空には大きく虹がかかっている。梅雨はこのまま明けるかもしれない。

耳元で声を聞いたような気がした。懐かしい母の声だった。

「男たちよ、逃げなさい」

もしかしたら自分の声かもしれないのに、小鈴はそうだとばかりにうなずいた。

もう一度、戦うために。

男たちよ。

いまは逃げなさい。

（8巻へつづく）

この作品は書き下ろしです。

幻冬舎時代小説文庫

●好評既刊
女だてら　麻布わけあり酒場
風野真知雄

居酒屋の失火で人気者の女将おこうが落命した。彼女に惚れていた元同心の星川、瓦版屋の源蔵、元若旦那・日之助の三人が店を継ぐが、おこうの死には不審な影が。惚れた女の敵は討てるのか!?

●好評既刊
未練坂の雪　女だてら　麻布わけあり酒場2
風野真知雄

星川・源蔵・日之助の居酒屋は縁あって亡き女将の娘・小鈴が手伝うことに。小鈴は母親譲りの勘のよさで、常連客がこぼす愚痴から悪事の端緒を見つけ出し……。大好評シリーズ第二弾!

●好評既刊
夢泥棒　女だてら　麻布わけあり酒場3
風野真知雄

酒に溺れた星川だったが、小鈴に叱られてからは惚れた女の仇を討つために鍛錬を続け、ついに対決の時が訪れる……。おこうの死の謎と彼女の大きな秘密が明かされる大人気シリーズ第三弾!

●好評既刊
涙橋の夜　女だてら　麻布わけあり酒場4
風野真知雄

人斬りの下手人が捕まらないなか、店には怪しい客が。だが小鈴は「あの人は違う」となぜか自信ありげ。一方、行方知れずの小鈴の父は鳥居耀蔵に幽閉されていた……。大好評シリーズ第四弾!

●好評既刊
慕情の剣　女だてら　麻布わけあり酒場5
風野真知雄

居酒屋〈小鈴〉に酒樽とするめが置き去りにされる珍事が起こり、小鈴は理由を探ろうと知恵を絞る。一方、幕府転覆を狙う大塩平八郎は葛飾北斎の居所を探り当て……。大好評シリーズ第五弾!

別《わか》れ船《ぶね》

女《おんな》だてら　麻布《あざぶ》わけあり酒場《さかば》7

風野真知雄《かぜのまちお》

平成24年8月5日　初版発行

発行人――石原正康
編集人――永島賞二
発行所――株式会社幻冬舎
〒151-0051東京都渋谷区千駄ヶ谷4-9-7
電話　03(5411)6222(営業)
　　　03(5411)6211(編集)
振替00120-8-767643
印刷・製本―図書印刷株式会社
装丁者――高橋雅之

幻冬舎時代小説文庫

ISBN978-4-344-41910-0　C0193　か-25-10

幻冬舎ホームページアドレス　http://www.gentosha.co.jp/
この本に関するご意見・ご感想をメールでお寄せいただく場合は、
comment@gentosha.co.jpまで。